Diogenes Taschenbuch 23295

Alfred Komarek

Blumen für Polt

Roman

Diogenes

Lizenzausgabe mit
freundlicher Genehmigung des
Haymon-Verlags, Innsbruck

Umschlagfoto von Peter Kenyeres

*Die Geschichte spielt im
niederösterreichischen Weinviertel.
Ortschaften und Menschen stammen
aus der Welt der Phantasie,
und alles ist nur insofern wirklich,
als es wirklich sein könnte*

Veröffentlicht als Diogenes Taschenbuch, 2001

Diogenes Verlag AG Zürich
www.diogenes.ch
50/03/52/5
ISBN 3 257 23295 0

Kinderglück

Gendarmerie-Inspektor Simon Polt bremste sein altmodisches Fahrrad ab, atmete tief durch und schaute übers Land. »Grüß dich, Frühling«, sagte er.

Noch waren viele Ackerflächen schwarz, und die Rebstöcke wirkten kahl, obwohl sie schon winzige Blattansätze hatten. Nach einem milden Winter trugen einige Bäume schon frisches Laub, und im weithin gedehnten Schachbrettmuster der Felder schuf die Wintergerste grüne Flächen. Vor allem aber wucherte und blühte das Unkraut an den Wegrändern. Dort, wo das Gelände steiler abfiel, oder auch an Hohlwegen standen zart begrünte Akazienstauden, bald würden Weißdorn und Flieder blühen.

Die Sonne wärmte schon so richtig an diesem frühen Nachmittag. Polt stand im Schatten einer kleinen Baumgruppe, die eine verwitterte Mariensäule umfing. Hier war der Weg vom Talboden aufwärts zu Ende. Ein paar Meter weiter, in einer kleinen Senke, verlief die Grenze zu Tschechien. Unten, in den Bauerngärten der Dörfer, blühten schon Märzenbecher und Stiefmütterchen. In den Kellergassen, die sich nach Norden hin den Hang hochzogen, waren die Fensterluken der Preßhäuser geöffnet, und Holzgitter ersetzten die festen Türen, damit frische Luft durchströmen konnte. An ihren oberen Enden verloren sich die langen Reihen der kleinen weißgekalkten Gebäude in weitläufiger Stille. Polt mochte diese großzügige Landschaft, in der es weder Haus noch Hütte gab. Nichts verstellte hier den Blick, der Himmel war sehr hoch. Und dann noch Frühling, das war schon was. Eine Zeit schöner Unvernunft, da mußte man einfach seiner Wege streunen, wie ein wohlgelaunter Hund. Schon als Kind hatte Polt diese glückliche Unruhe gespürt und war ihr an die Sonnenseite des Tales gefolgt, wo die Steine um die Mittagszeit schon warm waren wie ofenfrisches Brot. Aufregend roch so ein junges Jahr, nach Gras und Blüten, nach Aufwachen, bettwarm und träge. Oder auch nach warmer Feuchtigkeit, auf halbem Weg zwischen Kastanienblüten und nassen Socken. Und wenn man seine Nase ins Fell einer Katze steckte, roch es nach Sünde und Zigeunerleben.

Polt war ganz einfach guter Dinge an diesem dienstfreien Tag. Im Gasthaus Stelzer in Brunndorf hatte er ein Brathuhn mit flaumiger Semmelfülle verzehrt und ein Glas Bier dazu getrunken. Jetzt ließ er sich vom Wind der Laune tragen, und der große, nicht eben schmächtige Mann fühlte sich erstaunlich leicht. Als er sein Fahrrad wieder in Bewegung setzte, bog er in den schmalen Güterweg nach Burgheim ein. Erst einmal ging es ziemlich steil bergab. Simon Polt verschwendete keinen Gedanken daran zu bremsen und fuhr mit rasch zunehmendem Tempo talwärts. Jetzt pfiff ihm die Luft ja doch wieder recht kühl um die Ohren. Wenig später hemmte der nunmehr ansteigende Weg die rasche Fahrt. Polt trat kräftig in die Pedale, und nachdem er die kleine Erhebung überwunden hatte, ließ er das Fahrrad gemächlich weiterrollen. Ein paar Hundert Meter vor der Burgheimer Kellergasse bremste er. An der rechten Wegseite ragte eine nahezu senkrechte Lößwand gut vier Meter hoch. Oben war ein Stück Wiese zu sehen, und dahinter standen Rebstöcke. In der Wiese saß regungslos ein Mann. Polt legte das Fahrrad ins Gras. Mit langsamen Schritten stieg er auf einem schmalen Fußweg nach oben. Der Mann saß ein wenig verloren zwischen wuchernden Halmen und Stauden, schaute ins Leere und summte eine Melodie. Simon Polt war in einiger Entfernung stehengeblieben, um ihn nicht zu erschrecken. Die Melodie war ihm vertraut, und sie erinnerte ihn fatal an Karel Gotts Ölsardinenbelcanto. Den Mann in der Wiese kannte er noch besser. Er hieß Willi, niemand wußte seinen Familiennamen. Es war schwer zu sagen, wie alt er war, wohl weit über fünfzig. Willi gehörte zum Leben im Dorf, ohne dabei irgendeine Rolle zu spielen. Die Unkrautwiese über dem Tal war sein Lieblingsplatz.

Als im Weingarten ein Rebhuhn aufflog, schreckte Willi hoch, schaute sich um, erblickte Simon Polt, lief auf ihn zu und umarmte ihn.

»Hallo, mein Freund!« Polt schob ihn sachte von sich. »Wunderschön heute, wie?«

Willis altes Kindergesicht strahlte. Dann redete er hastig darauf los, und kein Wort war zu verstehen.

»Du mußt nicht alles auf einmal sagen.« Polt faßte Willi an den Schultern. »Schön langsam, verstehst du? Eins nach dem anderen.«

Willi nickte und nahm sich zusammen. »So viele Blumen, und Käfer, und Bienen!«

Polt schaute sich um. Zwischen den Rebstöcken und dem

Lößabsturz blieb Raum für ein Stück grüner Anarchie. Karin Walter, die junge Dorflehrerin, würde ihm einmal erklären müssen, was hier so alles wucherte und blühte. Das Geräusch eines sich nähernden Traktors unterbrach seine angenehmen Gedanken. Karl Gapmayr, einer der tüchtigsten Bauern im Dorf, hielt am Wiesenrand an und stellte den Motor ab. »Grüß Gott, Herr Inspektor. Was bringt denn Sie hierher? Hat der Willi was angestellt?«

»Der und was anstellen! Wir haben miteinander geredet, in alter Freundschaft.«

»In alter Freundschaft? Ja dann!«

»Stören wir bei der Arbeit?«

»Ach wo. Das Stück Wiese kümmert mich nicht. Etwas anderes: Warum haben Sie Ihren schlauen Freund eigentlich nie zur Gendarmerie geholt?«

»Weil er zu gutmütig ist. Und zu arglos. Haben Sie was gegen ihn?«

»Wo werd ich. Schönen Tag noch.«

Willi hatte sich während des Gespräches ein paar Schritte entfernt. Polt trat neben ihn und genoß den Blick über die Rebenhügel zu ihren Füßen. Dann näherte er sich vorsichtig dem Lößabsturz. »Geht ganz schön tief hinunter da. Willi, sag einmal, paßt du auch wirklich auf? Gehst du nie zu nahe an die Kante?«

Willi schüttelte eifrig den Kopf. »Nein, nie.«

»Wirklich vorsichtig sein, ja? Versprichst du es mir?«

Willi nickte ernsthaft.

»Dann ist es gut. Hab's schön hier. Und bis bald wieder einmal.«

»Warte!« Willi rannte los und pflückte eilig alle Frühlingsblumen, die er finden konnte. »Für dich!« sagte er und streckte Polt lächelnd den kleinen Strauß entgegen. Der nahm ihn, bedankte sich und schaute Willi in die Augen. »Du bist ein Guter.« Als er bei seinem Fahrrad angelangt war, winkte er Willi zu und freute sich auf die mühelose Fahrt durch die abfallende Kellergasse. Doch schon nach den ersten paar Preßhäusern hörte er eine Stimme, tief und volltönend wie Orgelklang.

»Halt, Herr Inspektor, stehenbleiben, sonst passiert was!«

Polt bremste hastig. »Was soll denn passieren?«

Die kleine, magere Gestalt von Sepp Räuschl versperrte ihm breitbeinig den Weg. »Was Schreckliches. Wir könnten nicht trinken, wir zwei.«

»Nicht auszudenken.« Polt stieg ab und lehnte sein Fahrrad vorsichtig ans Preßhaus, um die dünne Kalkschicht über der Mauer aus Lehm, Steinen und Stroh nicht zu verletzen.

»Nur herein!«

Drinnen war es deutlich kühler. Räuschl wies mit einer Kopfbewegung auf die kleine hölzerne Weinpresse: »Kennen Sie so etwas überhaupt, Herr Inspektor? Eine Kastenpresse, die Leute sagen auch Nahwinkerlpresse dazu. Davon gibt es nicht mehr viele. War eher was für kleine Weinbauern, nichts, worauf man stolz sein müßte. Ohne Preßstein braucht man ganz schön viel Kraft, nur der da hat einem geholfen.« Er wies auf eine senkrecht stehende, drehbare Holzstange. »Das ist der Faulenzer. An die Hebelstange der Presse ist ein Strick gebunden worden, und das andere Ende war um den Faulenzer gewickelt. Gar nicht so dumm gewesen, unsere Alten. Aber heute arbeitet kein Mensch mehr so. Weil alles schnell gehen muß.«

»Ja, leider.« Polt zeigte verlegen seine Blumen her. »Kann ich die irgendwo ins Wasser stellen?«

Räuschl holte ein Weinglas hervor, auf dem »Gruß aus Maria Taferl« geschrieben stand. »Paßt wunderbar. Wer schenkt Ihnen übrigens Blumen, Herr Inspektor, wenn die Frage erlaubt ist, noch dazu so schäbige?«

»Der Willi.«

»So. Der.«

Sepp Räuschl nahm zwei Kostgläser, spülte sie aus und öffnete vorsichtig die Kellertür. »Nirgends anstreifen, Herr Inspektor, es ist alles naß hier um diese Jahreszeit.«

Es gab nur drei Stufen, dann folgten die Männer einer schrägen Wegfläche tieferwärts. Der Keller war mit Ziegeln gewölbt, zwei abgewinkelte Gänge umfaßten ein Rechteck, und der dritte Gang verlief als Diagonale dazwischen. Dazu gab es noch eine in den Löß gegrabene Höhle, in der Erdäpfel lagerten. Polt kannte Sepp Räuschl als Kellernachbarn des Höllenbauern. Hier war er aber noch nie gewesen.

»Klein ist er halt, der Keller. Doch für die paar Trauben, die ich ernte, reicht er.« Sepp Räuschl kletterte mit dem Tupfer, dem Weinheber, in der Hand eine kleine Eisenleiter hoch. »Der ist nächste Woche zum Filtrieren dran. Ein Grüner. Ich möchte wissen, was Sie dazu sagen.« Räuschl ließ den Wein in die Gläser laufen, kostete gleich einmal, und in seinem faltigen Gesicht war ein verschwörerisches Lächeln. »Na?«

Polt nahm einen kräftigen Schluck. »Sie verstehen mehr

vom Wein als ich. Aber wenn Sie mich schon fragen. Der Grüne Veltliner da ist eigentlich waffenscheinpflichtig.«

»Und warum?« Sepp Räuschls Lächeln vertiefte sich.

»Weil er fromme Männer auf gottlose Gedanken bringt, tugendsame Frauen auf unkeusche Ideen und ehrbare Gendarmen auf dunkle Abwege.«

»So ist es recht.« Der Weinbauer schenkte ungefragt nach. »Aber es hört sich bald alles auf.«

»Was alles?«

»Das Zusammenleben in den Kellern und im Dorf. Die Nachbarn reden nichts mehr miteinander, die Wirte sperren zu und die Wiener kaufen sich unsere Häuser.«

»Kommt wenigstens Geld ins Land.«

»Ja, für Blödheiten. Noch ein Glas?«

»Nicht beleidigt sein, Herr Räuschl, aber lieber nicht. Ich habe heute Nachtdienst.«

»Muß ich also aufpassen, beim Nachhausefahren?«

»Am besten wär's, Sie gingen zu Fuß.«

Geruhsam stiegen die beiden nach oben. Polt nahm die Blumen aus dem Weinglas, kniff ein wenig die Augen zu, als er ins Sonnenlicht vor dem Preßhaus trat, und blieb dann erschrocken stehen.

Sepp Räuschl drehte den großen Schlüssel im Schloß und wandte sich dem Gendarmen zu. »Was ist denn los?«

»Wir haben einen Fußgänger mehr«, murmelte Polt und zeigte auf sein Fahrrad. Die Reifen waren zerstochen, die Felgen grotesk verdreht, und unter dem Bügel des Gepäckträgers klemmte ein toter Hase, der offensichtlich unter die Räder eines Autos gekommen war.

Simon Polt kam pünktlich um fünf in die Dienststelle und berichtete von seinem Mißgeschick.

»Vielleicht sollte man dir künftig einen Gendarmen mitgeben, der auf dich aufpaßt.« Inspektor Holzer grinste.

»Womöglich auch noch dich. Dann wären wir nämlich noch jetzt im Räuschlkeller, nicht wahr?«

Holzer enthielt sich einer Antwort. »Was hast du übrigens mit dem toten Hasen gemacht?«

»Verbotenerweise beerdigt, gleich hinter dem Preßhaus. Sepp Räuschl war der einzige Trauergast.«

»Und dein Fahrrad?«

»Steht schon beim Röhrig Walter. Der taugt mehr als mancher Mechaniker.«

Ernst Holzer trank einen Schluck Kaffee. »Wirst du Anzeige erstatten?«

»Den Papierkram erspare ich mir lieber. Irgendwann werde ich schon draufkommen, was los war. Was mich aber an der Sache stört, ist die kalte Bosheit, die dahintersteckt. Das war mehr als ein blöder Streich.«

Holzer seufzte. »Es geht eben immer gewalttätiger zu, auch bei uns auf dem Land.«

»Ich weiß nicht recht. Früher ist viel mehr verschwiegen oder vertuscht worden.«

»Aber die Gendarmen haben wenigstens Bescheid gewußt in der Gegend. Heute kommen und gehen die Fremden, wie sie wollen. In Brunndorf haben sie jetzt sogar einen Preußen.«

Polt lächelte versonnen. »Der mit seinem pazifistischen

Jagdhund. Kann das Schießen nicht leiden, weißt du? Der Dieter Moltke ist aber schwer in Ordnung. Er hat ein Preßhaus in Brunndorf gekauft und wirklich ordentlich hergerichtet, da könnte sich mancher Einheimische ein Beispiel daran nehmen. Und mit den Leuten im Dorf kommt er erstaunlich gut zurecht. Einmal hat ihn übrigens der Josef Schachinger in den Keller gelockt, mit den übelsten Absichten, natürlich. Ich war zufällig schon unten. Nach einer Weile, der Schachinger holte gerade die nächste Flasche von seinem verteufelt schweren Roten, hat der Moltke leise zu mir gesagt: ›Der Mann ist ein Mörder, aber heute lege ich ihm das Handwerk. Halten Sie sich da raus.‹ Von da an habe ich nur noch vorsichtig genippt und zugeschaut. Ein paar Stunden hat's gedauert. Der Schachinger kann trinken, aber irgendwann hat er verzweifelt versucht, noch einmal zum Glas zu greifen, und dann ist er nach einem entgeisterten Blick auf seinen Gast eingeschlafen. ›Tja, mein Guter‹, hat der Moltke gesagt und ist ruhig und sicher aufgestanden. Vor dem Preßhaus habe ich dann schwer seine Hand auf der Schulter gespürt. ›Tschüs, Herr Inspektor. Das war übrigens reichlich knapp.‹ Und weg war er.«

»Nicht schlecht.« Ernst Holzer erhob sich. »Von elf bis vier Uhr früh müssen wir zur Verkehrskontrolle hinaus. Die Alten kommen aus dem Keller, die Jungen aus der Disco. Das kann ja was werden.«

Simon Polt nickte düster. Dann schrillte das Telefon.

»Postenkommando Burgheim.« Polt drückte einen Knopf und ließ Holzer mithören. Martin Stelzer, der Wirt von Brunndorf, war am Apparat. »Der Breitwieser, der alte Herr vom Gutshof, hat einen Unfall gehabt. Am Ortsende, gegen Burgheim zu. Den Riebl Rudi hat es schwer erwischt. Dr. Eichhorn ist draußen bei ihm. Wollen Sie mit dem Herrn Breitwieser sprechen? Er steht neben mir. Ziemlich fertig ist er.«

Polt warf Holzer einen kurzen Blick zu. »Er soll auf uns warten. Wir sind in ein paar Minuten da.«

Horst Breitwiesers Auto war ein schwarzer Opel Olympia aus den 30er Jahren. Am Straßenrand, vor dem rechten Kotflügel, lag ein zweisitziges Puch-Moped. Polt trat zum Gemeindearzt, der sich über eine leblose Gestalt beugte, die mit blauen Arbeitshosen und einem karierten Hemd bekleidet war. Dr. Eichhorn blickte zum Gendarmen auf, sagte »Grüß Gott«, und seine kleinen, dicken Hände machten eine resignierende Bewegung. Aus den geöffneten Fenstern der umliegenden Häuser schauten Gesichter.

Christian Wolfinger, jagdgrün gekleidet wie immer, trat aus dem Hoftor und wollte mit dem Gendarmen reden. »Später, bitte«, sagte Polt und wandte sich seinem Kollegen zu. »Fang du schon einmal hier mit der Arbeit an, ich kümmere mich um Herrn Breitwieser.« Im Wirtshaus nickte er Martin Stelzer zu und setzte sich zu dem einzigen Gast, einem schlanken, weißhaarigen Mann, der den Kopf in beide Hände gelegt hatte. Jetzt schaute er auf, griff zu einer dickrandigen Brille. »Guten Tag, Herr Inspektor. Ich bin Horst Breitwieser. Sie wissen ja, was geschehen ist. Der Mann, da draußen…«, er warf einen unsicheren Blick zum Fenster, »…tot?«

Simon Polt nickte wortlos.

Der alte Herr schwieg lange und schaute ins Leere.

Dann gab er sich einen Ruck. »Ich habe versucht, Erste Hilfe zu leisten, obwohl ich sah, daß alles vergeblich sein würde. Ich trage Schuld an diesem Unfall, Herr Inspektor, weil ich getrunken habe.«

»Nur immer mit der Ruhe, eins nach dem anderen, Herr Breitwieser. Was ist aus Ihrer Sicht geschehen?«

»Ich war im Burgheimer Kirchenwirt und habe zwei Viertel getrunken, mehr als gewöhnlich und mehr, als mir guttut. Dann wollte ich nach Hause. In Brunndorf sah ich einen Mopedfahrer vor mir, der fast in der Straßenmitte unterwegs war. Mein warnendes Hupen muß ihn erschreckt haben. Jedenfalls verriß er das Fahrzeug. Ich bremste zu spät, und er prallte gegen mein Auto... So rasch tötet man einen Menschen. Ich bin ein alter Narr, Inspektor, der nichts mehr auf der Straße zu suchen hat. Aber ich redete mir doch tatsächlich ein, ich sei noch immer ein recht passabler Autofahrer.«

»Wie schnell sind Sie gefahren?«

»Langsam. Aber exakt kann ich es nicht sagen. Der Tachometer funktioniert schon lange nicht mehr.«

»Haben Sie den Mopedfahrer gekannt?«

»Nur vom Sehen. Meine Frau und ich führen auf dem Gutshof ein abgeschiedenes Leben. Mit den Leuten in Brunndorf und Burgheim habe ich wenig Kontakt. Was geschieht jetzt mit mir?«

»Nicht viel. Um einen Alkotest kommen wir natürlich nicht herum. Ich brauche Ihre Daten und die Autopapiere. Und dann bitte ich Sie vorerst nur noch, Ihre Aussage zu unterschreiben. Der Gerichtsmediziner wird wohl das Unfallopfer sehen wollen, und Ihr Auto bleibt hier, für die erkennungsdienstliche Untersuchung. Wie fühlen Sie sich denn? Soll ich Sie nach Hause bringen?«

»Danke, nein. Ich bin ein passionierter Spaziergänger und lege zu Fuß weite Strecken zurück. Und über seelische Probleme hilft man sich in meiner Generation mit Disziplin hinweg.«

»Wie Sie meinen. Sie wohnen im Runhof, nicht wahr?«

»Ja, dicht an der Grenze nach drüben. Sie brauchen nur dem Güterweg von Brunndorf aus nach Norden zu folgen.«

»Und Sie halten sich die nächste Zeit für mich zur Verfügung?«

»Was sollte ich sonst tun? Ich bin am Runhof gestrandet. Meine Ziele liegen alle hinter mir.«

Eine gute Stunde später saßen Polt und Holzer einander wieder in der Dienststelle gegenüber.

»Armer Teufel!« sagte Polt.

Holzer schaute irritiert von seiner Schreibarbeit hoch. »Du meinst doch nicht den Riebl?«

»Nein, nicht wirklich. Natürlich den alten Herrn. Du weißt genausogut wie ich, was da gelaufen ist, in den letzten Jahren.«

»Und ob. Rudi Riebl, der Unfallprofi. Es war immer das gleiche Muster. Er spionierte einen Betrunkenen aus, der in sein Auto stieg, und schmiß sich ihm ein paar Minuten später geschickt vor die Räder. Mehr als blaue Flecken oder Prellungen hat sich der raffinierte Kerl nie geholt, da gehe ich jede Wette ein. Aber im Eintreiben von überhöhtem Schmerzensgeld war er Weltmeister.«

»Genau.« Polt nickte. »Und damit erschöpft sich unser

offizieller Wissensstand. Daß er auch als Erpresser recht erfolgreich war, pfeifen allerdings die Spatzen von den Dächern. Noch bevor die Polizei eintraf, hat er vermutlich dem Autofahrer klargemacht, daß er mit sich reden lassen könnte. Dann steckte er einen schönen Batzen Bestechungsgeld ein. Vor der Polizei gab er aber trotzdem nicht zu, den Unfall mit verursacht zu haben. Kein Lenker wagte etwas zu sagen, und der Riebl hat doppelt kassiert.«

Unwirsch zog Holzer einen Bogen Papier aus der Schreibmaschine. »Keine Zierde für die Menschheit, der Riebl. Auch wenn er diesmal Pech gehabt hat.«

»Aber für den Herrn Breitwieser wird's eng. Der einzige Zeuge, den wir bislang haben, ist Christian Wolfinger. Und der hat nichts gesehen, was den Unglückslenker entlasten könnte.«

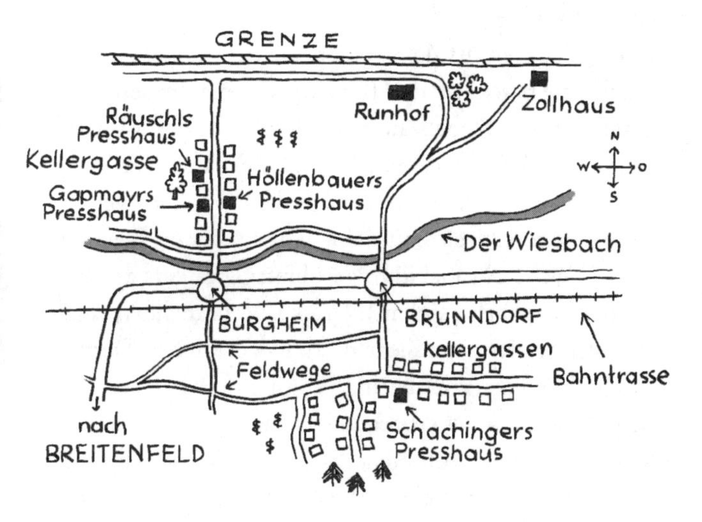

Lageskizze Burgheim–Brunndorf mit Kellergassen und Runhof

Holzer griff nach der Zigarettenschachtel. »Aber der Riebl Rudi hatte vielleicht auch getrunken.«

»Wir werden's erfahren. Der Gerichtsmediziner nimmt ihn sich in der Aufbahrungshalle von Brunndorf vor, unser Herr Dienststellenleiter ist dabei.«

»Wo er doch keine Obduktionen mag.« Holzer paffte.

»Wer wird denn so empfindlich sein.« Simon Polt stand auf und öffnete das Fenster weit, weil ihn der Zigarettenrauch störte.

Der todte Hengst

Nach dem Sonnenuntergang war es kühl geworden. Es gab kaum Menschen auf der Straße, nur ab und zu verdrängte ein Auto die Stille. Polts Dienststelle war in einem jener großen Häuser aus dem späten 19. Jahrhundert untergebracht, die bewiesen, daß Burgheim einmal bessere Zeiten gesehen hatte. Doch schon mit dem Ende der Monarchie war das Städtchen in eine sehr stille Ecke des klein gewordenen Staates geraten, und nach dem Zweiten Weltkrieg sorgte die tote Grenze für lähmende Lethargie. Der Burgheimer Wein, einst weithin gerühmt, besonders der Blaue Portugieser, hatte seinen Ruf verspielt, und alle Versuche, Industriebetriebe anzusiedeln, waren gescheitert. Doch seit einiger Zeit ging es ein wenig aufwärts in Burgheim und in den Dörfern des Wiesbachtales. Neu belebtes Brauchtum lockte Besucher in die Kellergassen und weckte das Interesse am Wein, der überdies zu erfreulich moderaten Preisen zu haben war.

Natürlich hatte auch die nunmehr offene Grenze Veränderungen gebracht, die letztlich für alle von Vorteil sein würden, davon war Polt überzeugt. Doch vorerst gab es auch Probleme, die ihm unter anderem eine Menge neuer Kollegen einbrachten, Gendarmen für die Grenzsicherung. Erst ein paar Wochen war es her, da hatten sich im Turnsaal der Burgheimer Hauptschule über dreißig Rumänen gedrängt, erschöpfte, enttäuschte Menschen, darunter Mütter mit Kleinkindern. Wieder einmal war ein Schleppertransport aufgegriffen worden. Die Flüchtlinge bekamen zu essen und zu trinken, wurden freundlich mit dem Nötigsten versorgt, und dann entledigte man sich ihrer mit höflichem Nachdruck. Abschiebung, wie das Gesetz es befahl. Polt seufzte resignierend. Dann hörte er einen Traktor näherkommen. Karl Gapmayr lenkte ihn. Er bremste scharf, stieg vom Fahrersitz und ging mit energischen Schritten auf Polt zu, der noch immer am offenen Fenster stand.

»Ich habe eine Meldung zu machen, Herr Inspektor.«

»Warum kommen Sie nicht herein?«

»Vielleicht ist es eilig. Aber wahrscheinlich nicht, wie ich befürchte.«

»Reden Sie schon, was ist denn los?«

»Ich habe bis vor kurzem gearbeitet, oben, in meiner *Riede todter Hengst,* wo wir miteinander geredet haben heute nachmittag. Abschließend schaue ich mich immer noch ein wenig um. Und da sehe ich den Willi wie tot unter dem Lößabsturz liegen. Ich weiß nicht, was mit ihm ist, aber es schaut nicht gut aus. Ich wollte so rasch wie möglich zu Ihnen. Tut mir leid für Sie, Inspektor. Sie dürften ihn ja gemocht haben, irgendwie.«

»Ruf den Arzt, schnell«, rief Polt über die Schulter dem Ernst Holzer zu, dann schwang er sich aus dem Fenster und rannte zum Streifenwagen.

Gapmayr schaute ihm nach. Weil sich keiner um ihn kümmerte, stieg er auf seinen Traktor und startete. Die Gendarmen wußten ja, wo er zu finden war.

Simon Polt gab es in diesen Minuten zweimal. Einen Polt, der erstarrt und hilflos zuschaute, und einen anderen, der handelte. Er sah sich die Autotür öffnen und den Schlüssel ohne zu zittern im Startschloß drehen. Dann fuhr er los, konzentriert, exakt und in einem Höllentempo. Die Kellergasse war menschenleer. Am Ziel angekommen, war Simon Polt allein.

Unter dem Lößabsturz wuchsen Büsche, davor wucherte hohes Gras. Polt konnte erst nicht sehen, wo Willi lag. Ein paar Schritte weiter glaubte er eine Mulde im Gras zu erkennen. Er lief darauf zu, blieb stehen und kniete nieder. Willi lag auf dem Rücken. Sein Gesicht schaute zu Polt hoch und hatte einen merkwürdig glücklichen Ausdruck. Die Kleidung war zerrissen, die Haut zerkratzt und aufgeschürft. Polt fühlte nach dem Puls, versuchte Atem zu spüren und senkte dann seinen Kopf. Er berührte Willis Stirn mit den Fingerspitzen, machte eine kleine streichelnde Bewegung und drehte sich um, als er hinter sich Geräusche hörte. »Dr. Eichhorn! Danke, daß Sie so rasch gekommen sind, aber es ist wohl alles zu spät.« Dann erhob er sich und trat einen Schritt zurück, um Platz für den Arzt zu machen.

Wenig später schaute Dr. Eichhorn hoch. »Ein tödlicher Sturz, nach allem, was ich feststellen kann. Im Fallen dürfte der arme Kerl auch noch an Vorsprüngen an der Wand aufgeprallt sein. Übrigens nehme ich an, daß mein Kollege vom Gericht noch in Brunndorf obduziert. Da ginge es in einem, auch gleich den Willi genauer anzuschauen. Gibt es aus Ihrer Sicht irgendwelche Hinweise auf Fremdverschulden, Inspektor?«

»Nein. Ja, doch, vielleicht.«

»Was also?«

»Willi hat mir heute versprochen, nie zu dicht an den Absturz heranzugehen. Und seine Versprechen hat er immer gehalten, eisern.«

»Und wenn ihn etwas erschreckt hat? Solche Menschen neigen zu Panikreaktionen, wissen Sie?«

Polt schwieg.

Dr. Eichhorn holte ein klobiges Mobiltelefon aus der Arzttasche. »Soll ich?«

»Ja, natürlich, bitte.«

Der Arzt wählte, und nach ein paar Worten übergab er das Gerät dem Gendarmen. »Dr. Wanasek ist dran.«

Polt berichtete, und der Jurist hörte sich die Ausführungen des Inspektors geduldig an. Dann meinte er: »Ein bedauerlicher Unfall eines geistig Behinderten. Ich wüßte nicht, was es da viel zu untersuchen gäbe. Aber was soll's. Kommen Sie bitte zu uns. Mit dem Herrn Riebl sind wir fertig, und ihr Dienststellenleiter ist schon gegangen. Einen Gendarmen brauchen wir aber bei der Obduktion.«

»Ja«, sagte Polt.

Dr. Eichhorn schaute ihn zweifelnd an. »Schaffen Sie das wirklich? Sie waren mit dem Willi doch recht gut, nicht wahr?«

»Ja, war ich. Ich rufe jetzt die Bestattung an.«

Knapp eine Viertelstunde warteten die zwei Männer. Die Dämmerung war dichter geworden, und der rotbraune Löß wirkte fast schwarz. Dr. Eichhorn ging ungeduldig den Wegrand entlang. Polt war neben Willi stehengeblieben, ihn fröstelte.

Dann kam der Leichenwagen. Der Gendarm und Dr. Eichhorn folgten ihm mit ihren Fahrzeugen zum Friedhof von Brunndorf. In der kleinen Aufbahrungshalle machte sich der Gerichtsmediziner an die Arbeit. Eine blasse Sekretärin führte tapfer Protokoll.

Polt ließ keinen Blick von Willi, der nackt auf dem Tisch lag.

»Eigentlich hatte ich mir den Abend anders vorgestellt, irgendwie unterhaltsamer«, sagte der Gerichtsmediziner, während er routiniert seine Arbeit tat.

»Ich auch.«

Polts Stimme ließ den Arzt irritiert aufblicken. »Ich wollte Sie nicht kränken, Inspektor. Kennen Sie den Mann da womöglich näher?«

»Ja.«

»Dann tut es mir ehrlich leid für Sie. Aber glauben Sie mir, wenn unsereins keine wohltuende Distanz zum Gegenstand unserer Untersuchungen hätte, wär's schlichtweg nicht auszuhalten.«

»Ich verstehe.«

Nach einer halben Stunde war alles erledigt. »Ah, tut das gut!« Der Arzt schlüpfte aus seiner Arbeitskleidung. »Fürs erste kann ich die Feststellungen meines Kollegen bestätigen. Sie bekommen aber noch einen genauen Befund.«

Polt fuhr langsam nach Brunndorf und kam gegen neun Uhr abends in die Dienststelle. Ernst Holzer begrüßte ihn. »Du sollst dich gleich bei unserem Herrn und Meister melden«, fügte er hinzu.

Dienststellenleiter Harald Mank faßte Polt freundlich ins Auge. »Hast du es hinter dich gebracht? Schlimm gewesen?«

»Mir macht derzeit nichts etwas aus.«

»Das wird sich ändern.«

»Weiß ich.«

»Also gut. Jetzt berichte einmal, wie das mit dem Willi gelaufen ist, ja?«

Polt erzählte alles, vom Zusammentreffen am vergangenen Nachmittag an.

Harald Mank lehnte sich seufzend zurück. »Also, ich rechne damit, daß keine weiteren Untersuchungen angeordnet werden. Ein klassischer Unfall, an dem du deine privaten Zweifel hast. Aber sag selbst: Wer will so einem Menschen was tun? Ich sehe weit und breit kein Motiv.«

»Ja denkst du, ich?« Polt schaute ins nachtschwarze Fenster, in dem sich ein häßlicher Leuchtkörper aus den fünfziger Jahren spiegelte. »Aber es gibt eins.«

»Wie du meinst. Was den Riebl Rudi und diesen Breitwieser angeht, liegt der Fall allerdings anders. Jedem ist klar, was passiert ist. Aber die Ergebnisse der ärztlichen Untersuchung, soweit sie jetzt schon vorliegen, belasten den Breitwieser. Er hat den Riebl ziemlich frontal erwischt. Wenn wir dem alten Herrn helfen wollen, muß noch allerhand ans Licht kommen. Noch etwas, Simon. Irgendwie kommen wir auch ohne dich zurecht. Möchtest du nach Hause gehen?«

»Genau das möchte ich nicht.«

»Ja dann. An die Arbeit, mein Lieber. Und mach's gut.«

Polt war hellwach, als er sich nach dem Nachtdienst in den frühen Morgenstunden auf den kurzen Weg zum Hof des Höllenbauern machte. Zu Hause angelangt, fiel sein Blick auf das Glas mit Willis Blumenstrauß. Er nahm es und schmiß es mit solcher Kraft gegen die Wand, daß ihm die Scherben um die Ohren flogen. Eine Weile stand er regungslos, dann sammelte er die Blumen auf. »Entschuldigt«, murmelte er. »Was könnt denn ihr dafür.«

Die vom Gutshof

Lange saß Simon Polt am Küchentisch und schaute vor sich hin. Dann legte er den Kopf auf die Unterarme und schlief ein wenig. Als er aufwachte, hörte er ein leises Maunzen vom Bad her. Erst war neben dem Türstock nur ein goldgrünes Auge und ein Ohr zu sehen, dann zeigte sich der restliche Kater und kam zögernd näher.

»Czernohorsky, alter Freund, ich habe ganz auf dich vergessen.« Polt stand auf und füllte den Futternapf. Als der Kater satt war, sprang er auf die Knie seines Ernährers, ließ sich gewichtig nieder und rülpste, weil er wieder einmal zu hastig gefressen hatte. Polt streichelte ihn gedankenverloren. Dann stand er auf, setzte Czernohorsky auf den

Boden und ging ins Bad. Kaum eine halbe Stunde später verließ er das Haus und suchte den Kirchenwirt auf. Franz Greisinger, von Stammgästen kurz Franzgreis genannt, warf ihm einen nachdenklichen Blick zu. »Grüß dich, Simon. Alles in Ordnung soweit?«

»Von wegen Ordnung. Eigentlich sollte ich mich ausschlafen. Aber es geht mir nicht so gut, und ich denke, daß es besser ist, wenn ich unter Leuten bin.«

»Recht hast du. Schlimm das mit dem Willi für dich, nicht wahr? Aber du solltest dir nicht so viel antun, wegen dem.«

»Und warum nicht?«

»Es war doch kein Leben, das der geführt hat. Dem ist es gar nicht zu Bewußtsein gekommen, als es aus war.«

»Der Willi hat mehr wahrgenommen, als man glauben möchte, auf seine Weise.«

»Vielleicht ist er oben *am todten Hengst* einem Vogel nachgelaufen und dabei abgestürzt, dann wär's sogar irgendwie ein schöner Tod gewesen.«

»Ich würde gerne daran glauben«, sagte Polt, »aber ich tu's nicht.«

»Deine Sache. Kaffee?«

»Ja, bitte.«

Polt nahm einen Schluck und hatte im selben Augenblick Magenschmerzen. »Etwas anderes. Dieser Horst Breitwieser..., war der öfter bei dir?«

»Ja, eigentlich täglich, um dreiviertel fünf, nach seinem Spaziergang. Nach dem hast du die Uhr stellen können. Er hat ein Viertel Rotgipfler getrunken und Zeitung gelesen. Kein unfreundlicher Mann, aber schweigsam und ziemlich reserviert. Andere Gäste hat er nur knapp gegrüßt. Geredet hat er mit keinem.«

»Und keiner mit ihm, nicht wahr?«

»Stimmt natürlich.« Franzgreis stellte ein paar Gläser ins Regal. »Die Bauern wollen mit denen vom Gutshof nichts zu tun haben, war schon immer so. Das ist eine andere Welt.«

»Aber der Riebl Rudi war nicht so wählerisch mit seiner Unfallmasche.«

»Dem war's doch egal, woher das Geld gekommen ist.«

»Von wegen Geld. Weißt du, wie's dem Breitwieser so geht?«

»Keine Ahnung. Geredet wird natürlich schon. Die einen halten ihn für einen stinkreichen Geizhals und die anderen für einen arroganten Bettler.« Franzgreis schaute zur Tür. »Meine Verehrung, Herr Steiger!«

Der neue Gast antwortete mit einer lustlosen Handbewegung. »Einen Tee bitte, und ordentlich Rum hinein.«

»Was ist denn mit Ihnen los?«

»Ach was. Eine Art Grippe. Ich bin derart kaputt, daß ich gerade noch die paar Meter von meinem Hof hierher schaffe. Schon seit drei Tagen war ich nicht einmal im Preßhaus.«

Simon Polt wandte sich ihm zu. »Das ist allerdings schlimm.«

»Können Sie laut sagen, Herr Inspektor. Wie ein eingesperrter Feldhase komm ich mir vor.«

»Na, dann gute Besserung.« Polt trank den restlichen Kaffee. »Ich werde kurz in der Dienststelle vorbeischauen. Vielleicht gibt's was Neues.«

Inspektor Halbwidl, der Journaldienst hatte, musterte Polt erstaunt. »Du kriegst wohl nie genug von der Gendarmerie, was?«

»Derzeit nicht. Irgendwas Neues, was den Breitwieser angeht oder den Willi?«

»Nicht daß ich wüßte.«

»Dann werde ich mich eben ein wenig in Brunndorf umhören, sozusagen privat.«

»Dein Vergnügen.«

Simon Polt ging erst einmal durch die schmale Badgasse zum Haus von Walter Röhrig. Eigentlich war der Mann Weinbauer, doch in jeder freien Minute wurde er zum Mechaniker. Sein Vater hatte ihm diesen Berufswunsch verwehrt, aber der Röhrig Walter hatte sich schon immer zu helfen gewußt. Die Tür zur kleinen Werkstätte war geöffnet, und über der Montagegrube stand ein uralter Mähdrescher. Polt wartete geduldig. Nach einiger Zeit kam eine stämmige ölverschmierte Gestalt ans Licht. »Guten Morgen, Simon, schon so früh auf?«

»Du bist ja auch schon am Werk.«

»Ja, aber ohne Nachtdienst vorher – wenn man vom Kirchenwirt absieht. War ziemlich feucht, ehrlich gesagt.«

»Um mein Fahrrad hast du dich noch nicht kümmern können, wie?«

Statt einer Antwort wies Walter Röhrigs Hand nach hinten. Dort stand das schwarze Steyr-Waffenrad des Gendarmen und war so gut wie neu. »Ich habe die Räder samt den Reifen einfach ausgetauscht. Gottlob liegt jede Menge Ersatzteile bei mir herum.«

»Großartig, danke! Was bin ich schuldig?«

»Nichts. Denk halt daran, wenn du mich das nächste Mal mit dem Auto erwischst.«

»Geht nicht, das weißt du.«

»Klar. War auch nur ein Witz.« Der Mechaniker griff ans verbeulte Blech des Mähdreschers. »Einen Sommer macht er's noch, der alte Bursche. Hoffentlich.«

»Aber ja. Bei deiner Pflege!« Polt holte sein Fahrrad, stieg auf und fuhr langsam Richtung Brunndorf. Gleich nach dem Ortsschild bremste er. Hier war es geschehen. Die weißen Kreidestriche auf dem Asphalt zeichneten noch deutlich sichtbar die Konturen des Unfalls nach.

»He! Simon!«

Der Gendarm zuckte zusammen. Diese Stimme kannte er doch. Er wandte sich um. »Frau Stirbl!«

»Wer sonst. Und schau nicht so verdattert. Du hast wohl geglaubt, ich bin schon hinüber, was?« Schwarze Augen glänzten belustigt unter unfrisiertem weißem Haar.

Polt war verlegen. »Ich habe Sie lange nicht mehr gesehen.«

»Weil jeder Gendarm einen Blindenhund braucht. Herein mit dir!« Polt setzte sich folgsam in Bewegung, lehnte sein Fahrrad an die Hausmauer und trat ein. Er gelangte in einen überdachten Raum, der nach hinten durch eine Holzwand mit Tür und Fenstern abgeschlossen war. Auf einem einfachen Tisch, der zur Wand hochgeklappt werden konnte, lagen Kräuter zum Trocknen ausgebreitet, auf dem abgetretenen Bretterboden standen Näpfe und kleine Teller. »Für die Katzenviecher aus der Nachbarschaft«, erläuterte Frau Stirbl. »Die Biester fressen mich noch arm.« Sie rückte für ihren Besucher einen Sessel zurecht. »Bleiben wir gleich hier.

Das macht am wenigsten Umstände.« Dann ging sie in die Küche und kam mit einer halbvollen Flasche Wein und zwei ziemlich schmutzigen Gläsern zurück. »Auf dein Wohl.«

Simon Polt betrachtete die trübe Flüssigkeit mit einigem Mißtrauen. »Und auf Ihr Wohl, Frau Stirbl!« Hastig goß er den Wein hinunter und legte die Hand auf sein Glas, als seine Gastgeberin nachschenken wollte. »Vielen Dank. Es ist noch zu früh für mich zum Trinken. Aber etwas anderes, wenn ich fragen darf: Wie alt sind Sie jetzt eigentlich?«

»Ich? Wie alt? 96, mein Lieber. Dreißig Jahre ist es jetzt schon her, daß mein Mann tot ist, der Alois. Na ja. Viel war nie los mit ihm.«

»Noch eine Frage: Haben Sie von dem Unfall gestern abend was bemerkt, Frau Stirbl?«

»Ich hab's hupen gehört, dreimal hintereinander, und dann hat's einen ordentlichen Kracher gegeben. Natürlich bin ich zum Fenster wie die anderen Nachbarn auch. Der Riebl Rudi, dieser Erzgauner, ist neben seinem Moped gelegen, und der Herr Breitwieser hat sich sofort um ihn gekümmert. Kann einem leid tun, der Mann.«

»Glauben Sie, daß sonst jemand etwas gesehen hat?«

»Natürlich, die Fuchs Hilda. Den ganzen Tag schaut sie aus dem Fenster. Dabei könnte sie auch arbeiten, jung wie sie ist.«

»Wie jung?«

»Nicht einmal siebzig. Heute ist sie übrigens in aller Früh zu ihrer Schwester nach Breitenfeld gefahren. Werden allerhand zu bereden haben, die zwei Beißzangen. So, jetzt muß ich dich hinauswerfen, Simon. Ich habe dem

Schuster Josef versprochen, daß ich ihm beim Rebenveredeln helfe.«

»Beachtlich, wie Sie in Form sind, Frau Stirbl.« Polt wandte sich zum Gehen.

»Merk dir, Simon«, auch die alte Frau war aufgestanden. »Man darf nichts auslassen im Leben, kein Vergnügen und keinen Streit. Das hält frisch. Auf Wiedersehen also.« Freundlich, aber mit Nachdruck, schob sie den Gendarmen zur Tür.

Polt stieg auf sein Fahrrad, hob grüßend die Hand und fuhr langsam durchs Dorf. Ohne viel darüber nachzudenken, bog er in den nach Norden führenden Güterweg ein, von dem Horst Breitwieser gesprochen hatte. In dieser Gegend verebbten die Hügel des Wiesbachtales im flachen Land. Polt erreichte eine kleine Baumzeile. Früher, erzählten die Leute, hatte es auch hier eine Kellergasse gegeben. Ein einziges Preßhaus war noch übrig. Ein paar hundert Meter weiter war der Weg nicht mehr asphaltiert, und Polt hielt sich an eine der Radspuren.

Hinter einer Buschgruppe bog der Weg nach Westen ab, und nun war der Runhof zu sehen. Schwer und bestimmend lag der große Gebäudekomplex in einer flachen Senke. Als Polt näher kam, bemerkte er, daß Dachziegel fehlten und Fensterscheiben zerbrochen waren. Durch die Maueröffnungen des Stallgebäudes drang matter Lichtschein, es stank nach Viehmist. Das mächtige Hoftor mit seiner schönen barocken Umrahmung hing schief in den Angeln. Daneben gab es eine kleinere, mit Eisenblech beschlagene Tür, die einen Spalt offenstand. Simon Polt wollte gerade anklopfen, als die Tür vollends aufschwang. Ein großgewachsener, breitschultriger Mann trat ihm entgegen. »Was haben Sie hier zu suchen?«

»Simon Polt ist mein Name. Ich hätte gerne mit Herrn Breitwieser geredet.«

»So, mit dem. Der Unfall, nicht wahr?«

»Ja, der Unfall.« Polt schaute sein Gegenüber ruhig an. Er hatte noch nie einen so schmutzigen Menschen gesehen, die Arbeitskleidung schien noch sauberer zu sein als die grindige Haut.

»Ich bin Fritz Brenner, der Mann für den Stall. Ich wollte nicht unfreundlich sein, aber das wird man irgendwann, hier draußen. Und wünschen Sie sich nicht, daß ich Ihnen die Hand reiche, Herr Polt. Das wäre eine ziemlich anrüchige Form der Höflichkeit. Sind Sie vielleicht Gendarm?«

»Ja, aber nicht im Dienst.«

»Um so besser. Mit Uniformen habe ich Probleme. Besonders mit solchen im Kopf.«

»Denken Sie an etwas Bestimmtes?«

»Freilich. Und an den unverdächtigen Mantel darüber.«

Polt musterte sein Gegenüber zunehmend interessiert. »Sollten wir nicht einmal in Ruhe miteinander reden?«

»Gute Frage.« Fritz Brenner grinste. »Aber erwarten Sie keine Antwort von mir.«

»Schluß jetzt!« Polt bemerkte eine magere Frau mit straff zurückgekämmtem Haar, die aus dem Hoftor gekommen war und den Zeigefinger auf ihre Lippen legte. »Leise bitte, mein Mann schläft. Es geht ihm nicht gut. Der Schock … Andrea Breitwieser ist mein Name. Sie sind Inspektor Polt, nicht wahr?«

»Ja. Ich möchte nicht stören. Aber wenn wir ein paar Worte reden könnten?«

»Natürlich. Ich bitte Sie nur nicht ins Haus, Sie wissen schon. Machen wir einfach einen kleinen Spaziergang. Und du hast doch sicher zu tun, Fritz, nicht wahr?«

Brenner nickte, legte einen Augenblick seine Hand auf ihre Schulter und wandte sich ab.

»Gehen wir?« Frau Breitwiesers Stimme klang kraftlos.

Polt fühlte sich unbehaglich. Er suchte nach Worten. »Es ist so ... Ich bin nicht als Gendarm hier, wie Sie sehen.«

»Ja, und?« Sie war stehengeblieben.

»Wir haben gute Gründe anzunehmen, daß Herr Riebl zumindest Mitschuld an dem Unfall Ihres Mannes trägt.«

»Was macht das schon aus, Inspektor. Es ist alles vorbei. Es war immer ein erbärmliches Leben hier, doch jetzt ist das Unglück komplett.«

»Wird vielleicht nicht so schlimm werden.«

»Danke jedenfalls, daß Sie helfen wollen.«

»Seit wann wohnen Sie eigentlich hier auf dem Hof?«

»Gleich nach dem Krieg sind wir hergekommen, als junge Leute damals, viel zu früh erwachsen geworden. Wir haben es nicht ausgehalten, in diesem zerbrochenen, entehrten Wien.«

»Kinder?«

»Ach wissen Sie, Herr Inspektor. Erst war es eine Pflicht, sie zu kriegen, und dann ein Unglück, sie zu haben. Es ist bitter, verzichten zu müssen.«

Sie hatten kehrtgemacht und gingen jetzt schweigend auf den Runhof zu. Dann dachte Polt laut nach. »Vielleicht gibt es ein Detail, das Ihr Mann bisher nicht beachtet hat und das ihn entlasten könnte.«

Frau Breitwieser trat heftig mit der rechten Schuhspitze gegen einen kleinen Stein, der auf dem Weg lag. »Ich werde mit meinem Mann darüber reden. Und er wird Sie natürlich gerne empfangen, sobald es ihm besser geht. Sie sind jederzeit willkommen hier. Bis bald, demnach.«

»Ja, bis bald.« Polt setzte sein Fahrrad in Bewegung und spürte, daß er nun doch sehr müde war.

Die Auferstehung

Ostern war gekommen. Fast unwillig nahm Simon Polt zur Kenntnis, daß ihm das Leben wieder Freude machte. Noch dazu stand ein schönes Fest vor der Tür: die »Grean«. Das Wort stand für grün.

Früher war im Wiesbachtal jahraus, jahrein kaum Fleisch auf den Tisch gekommen, und zu trinken gab es statt Wein den »Haustrunk«, die mit reichlich Wasser versetzte zweite Pressung der Maische. Am Ostermontag galt es aber zu feiern, Himmlisches wie Irdisches: Der Heiland war auferstanden, die Glocken waren doch wirklich aus Rom zurückgekommen, die dicken Fässer in den Kellern waren gefüllt, und der frische Wein funkelte klar in den Gläsern. Früher hatten die Bauern an diesem glücklichen Tag das Gesinde in die Kellergasse geladen, zu gutem Wein, Selchfleisch und frisch gebackenem Brot. Längst gab es keine Landarbeiter mehr auf den Höfen, aber man wollte sich das Feiern einfach nicht nehmen lassen, und so war schon seit vielen Jahren eben jeder eingeladen, der des Weges kam. Keiner der Bauern im Tal war wohlhabend, doch gerade jene, die eigentlich nichts zu verschenken hatten, taten es gerne.

Simon Polt dachte darüber nach, als er am Ostermontag sein Fahrrad gemächlich durch die sacht ansteigende Burgheimer Kellergasse schob. Fast alle Preßhaustüren waren geöffnet, Tische und Bänke standen im Freien.

In den letzten Tagen war es zwar wieder ziemlich kühl geworden, es hatte geregnet, und noch am Morgen war der Himmel betrüblich grau gewesen. Doch dann hatten sich die Wolken verzogen, und jetzt, am frühen Nachmittag, war die Sonne schon sehr angenehm zu spüren. Die Kellergasse war voller Menschen. Kaum jemand aus Burgheim ließ sich das Fest entgehen, und die Weinbauern hatten Freunde von auswärts eingeladen. Natürlich war auch Aloisia Habesam da, Inhaberin der unbestritten gut sortierten Burgheimer Gemischtwarenhandlung und gefürchtete Kennerin aller Neuigkeiten, Geheimnisse und Gerüchte des Wiesbachtales. Im Vorbeigehen warf sie Polt einen taxierenden Blick zu, sprach ihn aber überraschenderweise nicht an.

Dann sah der Gendarm den Pfarrer und den Bürgermeister einträchtig vor dem Höllenbauer-Preßhaus sitzen, grüßte und lehnte freundlich ab, als er eingeladen wurde, an ihren Tisch zu kommen. Er wollte erst einmal die ganze Kellergasse durchwandern, einfach unter Leuten sein.

Ein paar Preßhäuser weiter verdüsterte sich seine Laune allerdings. Schon zuvor hatte er sich über plärrende Lautsprechermusik geärgert, Musikantenstadlschwachsinn übelster Sorte. Jetzt stand er vor einem Preßhaus, das mit ungehobelten Brettern in eine Art Almhütte verwandelt worden war. »Charlys Ranch« war auf einem lackierten Holzschild zu lesen. Vor der Tür ergänzten ein Tisch und zwei Sessel aus weißem Plastik das Bild. Ein Kassettenradio lärmte einsam vor sich hin. Polt hatte wenig Lust, auch noch die Bewohner von Charlys Ranch kennenzulernen, und ging rasch weiter.

»Furchtbar, nicht wahr?« Polt erkannte Dieter Moltkes Stimme, der sich ihm raschen Schrittes genähert hatte, weil sein großer Jagdhund ungestüm an der Leine zog.

»Wohin so eilig?«

»Fragen Sie meinen Hund. Aber vielleicht gelingt es mir, vor Sepp Räuschls Preßhaus eine Notbremsung hinzulegen. Der hat einen Grünen Veltliner im Keller, noch unfiltriert. Mein lieber Freund!«

»Weiß ich, ich habe gekostet, vor ein paar Tagen erst. Bis später also vielleicht!« Polt blieb stehen und schaute ins Leere. Dann ging er müde zum Höllenbauer-Preßhaus zurück und trat ein. »Kann ich was zu trinken haben?«

»Immer.« Ernst Höllenbauer musterte seinen Freund nachdenklich. »Was darf's denn sein?«

»Was du meinst.« Gedankenlos trank Polt das Glas mit dem Blauburger halbleer.

»Erwischt, Herr Inspektor! Das war eine Trinkgeschwindigkeits-Übertretung.«

Jetzt erst bemerkte Polt, daß Karin Walter neben ihm stand und vorbildlich maßvoll an ihrem Glas nippte.

»Hallo, Karin, schön, dich zu treffen. Ich war ganz wo anders, entschuldige.«

»Schon gut.«

Sie stieß ihr Glas an das seine, und gleichzeitig spürte Polt eine Fingerkuppe, die wie zufällig seine Hand berührte. Natürlich werde ich jetzt rot, dachte er, hoffentlich schaut keiner.

Aloisia Habesam zerstreute seine Bedenken. Als ihre kleine Gestalt in der Tür des Preßhauses erschien, verstummten die Gespräche, und alle Blicke wandten sich ihr zu. »Was gibt es hier zu schauen?« Zielstrebig kam sie näher. »Wenn ich als schwaches Weib schon einmal ausnahmsweise willkommen bin in der Kellergasse, möchte ich auch mittrinken, und zwar ordentlich.«

Ernst Höllenbauer nickte gehorsam. »Was ist? Gehen wir in den Keller?« fragte er die kleine Runde, die im Preßhaus versammelt war. Widerspruch war nicht zu erwarten, also ging der Weinbauer schon einmal voraus.

»Zweiundvierzig Stufen sind's«, sagte Simon Polt zu Karin Walter, als sie hinunterstiegen. »Am Ende der Kellerröhre gibt es 18 Meter unter der Erde einen kunstvoll gewölbten Raum, ein sogenanntes böhmisches Platzl.«

»Wenigstens im Keller kennt sich die Gendarmerie aus, nicht wahr?« Karin schaute ein wenig mißtrauisch auf die feuchten, abgetretenen Stufen. Simon Polt hörte nicht richtig hin, weil er sich ziemlich aufgeregt darauf konzentrierte, neben seiner unverhofften Begleiterin Schritt für Schritt in die Tiefe zu tauchen. Als sich die Runde hinter einer langen Reihe mächtiger Fässer zum Kosten versammelt hatte und Ernst Höllenbauer zum Weinheber griff, schaute sich die Lehrerin neugierig um. Sie entdeckte einen schmalen Durchgang. »Wo geht's denn da hin?«

Ernst Höllenbauer schob zwei einfache Kerzenleuchter und eine Schachtel Zündhölzer über den Tisch, auf dem die Kostgläser standen. »Wie wär's mit einer Kellerführung, Simon?«

»Wenn du meinst.«

Eine gute Weile durchforschten Simon Polt und Karin Walter die ausgedehnte und verwirrend verwinkelte Unterwelt. Dann blieb Polt stehen. »Jetzt brauchen wir Kerzenlicht.« Dicht nebeneinander gingen die beiden weiter. Karin roch gut, fand Polt. Ungefähr so, als wüchse im Keller ein Stück Unkrautwiese. Der kleine Seitengang endete in einer ausgemauerten Nische. Die Ziegel waren von einer naß glänzenden Schicht bedeckt.

»Wie nennt man dieses Zeugs eigentlich?« Karin tupfte mit dem Zeigefinger dagegen und schnupperte interessiert.

»Kellerschlatz«, sagte Polt verlegen, weil ihm ein Wort wie Märchentau lieber gewesen wäre, oder doch wenigstens Feenspucke. Rasch fuhr er fort. »Wenn du eine Münze draufklebst, darfst du dir was wünschen!«

»Wozu wünschen?« Karin faßte Simon unternehmungslustig ins Auge. In diesem Moment betrat Aloisia Habesam die Szene, feierlich eine Kerze schwenkend.

»Darf ich gratulieren?«

»Leider nein.« Karin seufzte. »Dieser entartete Gendarm hat mir gerade gestanden, daß er nur mit Frauen in Schnürstiefeln und Latex kann, Sie wissen schon, die mit den schwarzen Lederpeitschen. Aber woher soll ich so etwas nehmen, hier bei uns auf dem Land?«

»Macht euch nur lustig über mich!« entgegnete Frau Habesam überraschend sanftmütig. »Und jetzt kommt mit, ihr zwei. Der Höllenbauer hat nämlich gerade eine Flasche Jubiläumsrebe aufgemacht, Beerenauslese 1983. Ganz etwas Rares. Das überlassen wir nicht den Männern, was, Karin?«

Als der Höllenbauer mit seinen Gästen eine gute Stunde später ans Tageslicht kam, schaute Karin Walter auf die Uhr. »Teufel. Schon vier. Und ich muß noch dreißig Schulaufsätze korrigieren für morgen. Bis bald also.«

Rasch ging sie davon, und auch Polt hielt es nicht länger. Er hatte ohnehin noch vor, in der nahen Brunndorfer Kellergasse vorbeizuschauen. Langsam lenkte er sein Fahrrad zwischen den Fußgängern talwärts und bremste, als er vor Franz Greisingers Preßhaus eine aufgeregt diskutierende Menschengruppe bemerkte. Er drängte sich durch und sah zwei kahlköpfige junge Männer, die grellbunte Freizeithosen und T-Shirts trugen. Einer der beiden lag bewegungslos auf dem Asphalt, Erbrochenes vor dem Mund. Der zweite lehnte an der Preßhausmauer, hatte eine Weinflasche in der Hand und nahm von Zeit zu Zeit einen kräftigen Schluck. Polt kannte die zwei natürlich. Ihre Eltern, offensichtlich wohlhabende Leute, hatten vor ein paar Wochen ein Haus im neuen Siedlungsgebiet von Burgheim gekauft. Seitdem verbrachten sie viel Zeit auf dem Land. Ihre Söhne, tödlich gelangweilt, zogen durch die Wirtshäuser und Kellergassen, benahmen sich aggressiv und soffen bis zum Umfallen. Anatol und René Frieb hießen sie.

Sepp Räuschl war neben Polt getreten. »Eine Schande ist so etwas, an einem Ostermontag.«

»Maul halten, Grufti«, lallte der, den Polt für Anatol

hielt, taumelte auf Räuschl zu und wollte ihm mit der Flasche auf den Kopf schlagen. Der Gendarm bewegte sich jetzt erstaunlich schnell. Er packte das Handgelenk des Angreifers und drehte ihm den Arm auf den Rücken. Die Flasche fiel zu Boden und zerbrach. Polt ließ den Burschen los und stieß ihn gegen das Preßhaus. »Immer schön friedlich, ja?« Anatol lehnte apathisch an der Mauer.

»Wer kann die zwei transportieren?« fragte der Gendarm die Runde.

Sepp Räuschl schaute Polt respektvoll an. »Ich hol den Traktor mit dem Anhänger. Den kann ich ja nachher mit dem Schlauch abspritzen.«

Nachdem Polt und Räuschl die beiden im Haus ihrer Eltern abgeliefert hatten, radelte der Gendarm nach Brunndorf. Es war schon Abend, als er zu guter Letzt das abseits der großen Kellergasse gelegene Preßhaus seines Freundes Friedrich Kurzbacher erreichte. Der alte Weinbauer stand in der offenen Tür, als habe er gewartet. »Hast du die anderen Besuche alle hinter dir? Dann können wir jetzt ja richtig trinken!«

Polt setzte sich an den grün gestrichenen Tisch, der vor Kurzbachers Preßhaus unter einem großen Nußbaum stand. Die Sonne leuchtete schon rötlich, und ein leichter frischer Wind kam auf. »Lieber nicht. Höchstens einen Schluck. Es wird mir sonst zuviel heute.«

»Auch gut.« Der Kurzbacher füllte die Gläser. »Allerhand los bei uns in letzter Zeit, wie? Erst der Riebl Rudi und dann dieser...«

»Willi.«

»Ja, der. War halt ein Pech. Viel war mit dem nie anzufangen. Ein unnützer Esser, wie man so sagt.«

»Aber er hat gern gelebt. Und mein Freund war er auch.«

»Wenn du meinst. Möchtest du einen Ribisler kosten? Einmal was anderes.«

»Ribiselwein? Nein danke. Zu schwer für mich, weißt du, und viel zu süß.«

»Hast recht. Was für die Weiber. Ich geb dir einen mit für die Karin Walter.«

»Die wird sich schön wundern, wenn ich mit einem Geschenk daherkomme.«

»Glaub ich nicht.«

»So. Glaubst du nicht.« Polt gab dem Kurzbacher einen Rempler. »Ihr wißt alle mehr als ich, scheint mir.«

Der Kurzbacher hob die Schultern und ging ins Preßhaus, wo er die Flasche mit dem süßen Wein besonders sorgfältig abwischte und geradezu liebevoll in Zeitungspapier wickelte.

Es ist ein Lied in allen Dingen

Gendarmerieinspektor Simon Polt saß allein in einem Büro der Dienststelle, hatte die Notizen aus den letzten Tagen vor sich liegen und dachte darüber nach, ob Willi wirklich sein Freund gewesen war. Anfangs keinesfalls. Er hatte dieselbe Scheu vor ihm gehabt wie die anderen in der Gegend. Der hilflose und manchmal aufdringlich wirkende Eifer, mit dem sich Willi vor allen bestätigen wollte, hatte ihn verwirrt. Auch konnte er mit der distanzlosen Zuneigung nicht umgehen, mit der Willi alle umfing, denen er nahekommen konnte. Doch nach und nach war er mit dieser merkwürdig verkürzten Weltsicht vertraut geworden und empfand sie als tröstlichen Blick über den Gartenzaun der Normalität. Als Gendarm mußte Polt seine Mitmenschen in solche einteilen, die sich korrekt verhielten, und andere, die gegen Recht und Ordnung verstießen. Willi kannte keine Kategorien, und er machte keine Unterschiede. Daran änderten auch böse Erfahrungen nichts. Wenn ihm ein Mensch weh tat, verstand er es einfach nicht. Andererseits war die Freude groß, wenn er sich einmal nicht zurückgewiesen fühlte.

Willi und Polt hatten einander gemocht und respektiert. Also doch Freundschaft? Aber als Freund hätte Polt wenigstens versuchen müssen, ihm auch ganz konkret zu helfen. Behutsam und klug betreut, wäre Willi sicher dazu fähig gewesen, sinnvolle Arbeit zu leisten, und er hätte daran Freude gehabt. Doch solche Überlegungen brachten wenig. Weitere Ermittlungen zu Willis Tod waren erst gar nicht angeordnet worden. Polt wollte sich damit nicht zufriedengeben, aber er wußte nicht recht, wo er ansetzen sollte. Jedenfalls würde er mit Frau Raab reden, die für Willi gesorgt hatte.

Auch in der Sache Breitwieser und Riebl traten die Gendarmen auf der Stelle. Der Befund des Gerichtsmediziners bestätigte zwar, daß auch der Mopedfahrer getrunken hatte, doch 0,9 Promille waren für einen routinierten Alkoholiker wie den Riebl Rudi so gut wie ohne Bedeutung, und in der Straßenmitte war er eigentlich immer gefahren. Nichts bewies, daß er den Unfall provoziert hatte. Im langen Gespräch mit Hilda Fuchs war außer viel Geschwätz über »die auf dem Gutshof« wenig Interessantes zu erfahren gewesen. Eine Kleinigkeit vielleicht: Sie glaubte, vor Josef Schachingers Hoftor eine Bewegung bemerkt zu haben. Aber ein Mauervorsprung behinderte die Sicht dorthin, und später hatte sie nur noch auf den Unfall geachtet. Eine gründliche Nachforschung in den umliegenden Häusern war ergebnislos geblieben. Es gab um diese Zeit kaum Menschen auf der Straße, und es lohnte sich nicht, aus dem Fenster zu schauen.

Gegen Abend, nach Dienstschluß, beeilte sich Polt, nach Hause zu kommen, fütterte seinen Kater, holte die Flasche mit dem Ribiselwein aus dem Kühlschrank und fuhr auf gut Glück mit dem Rad nach Brunndorf, wo Karin Walter wohnte. Er sah Licht im Küchenfenster, klopfte ans Glas, und gleich darauf stand die Lehrerin in der offenen Tür. »Spät kommt ihr, doch ihr kommt!«

»Goethe?« riet Polt verzagt.

»Knapp daneben, Schiller. Du darfst trotzdem herein.«

Simon Polt nahm die Weinflasche vom Gepäckträger und entfernte ungeschickt das Zeitungspapier. »Soll ich dir mitbringen, vom Kurzbacher.«

Karin hielt die Flasche gegen das Licht. »Das muß Ribiselwein sein. Der Kurzbacher meint wohl, der sei genau richtig für das Knacken züchtiger Jungfern.«

»Und?«

»Ich hasse Ribiselwein.«

»Kann ich verstehen«, gab Polt zu, »soll ich ihn wieder mitnehmen?«

»Ach wo. Meine Tante ist ganz wild drauf. Und mit ihren 74 Jahren kommt sie auch nicht mehr auf allzu dumme Ideen. Darf ich dich in die Küche bitten? Sonst brennt nämlich mein Milchreis an.« Karin schnupperte. »Uiii. Schon passiert. Hast du übrigens gegessen?«

»Nein.« Polt sah ein feines Rauchwölkchen aufsteigen. Milchreis, ob angebrannt oder nicht, zählte für ihn zu den schlimmsten kulinarischen Heimsuchungen. Aber in Karins Küche lagen die Dinge nun einmal anders.

»Gar nicht so schlecht«, sagte Karin etwas später vergnügt, »das Schwarze gibt ihm eine gewisse Würze.«

Polt schluckte, nickte und fühlte sich unglaublich wohl.

Nachdem sie gegessen hatten, faßte Karin ihren Gast freundlich, aber mit einer gewissen Strenge ins Auge. »Deine plumpe Süßwein-Attacke habe ich abgewehrt. Und was jetzt?«

Polt seufzte. »Ach weißt du, der Willi. Er wäre nie von sich aus zu nahe an den Lößabsturz gegangen. Irgend etwas oder irgend jemand hat dabei mitgespielt. Aber Feinde gab es doch keine, er war den Leuten einfach gleichgültig, schlimmstenfalls einmal lästig.«

»Das weißt du wohl besser als ich. Aber ich könnte mir schon vorstellen, daß man ihn verspottet hat, im Wirtshaus zum Beispiel.«

»Da ist er nicht hineingegangen. Wie denn auch, ohne einen Groschen Geld in der Tasche.«

»Und dieser Gapmayr, dem die *Riede todter Hengst* gehört? War der vielleicht mit dem Willi übers Kreuz, weil er ihn nicht auf der Wiese haben wollte?«

»Er sagt nein, die Wiese kümmere ihn nicht. Eine ironische Bemerkung ist dann schon noch gefallen. Aber so etwas kannst du von allen Bauern hier im Tal haben, sogar vom Kurzbacher.«

»Hmm – nein. Das wüßte ich.«

»Wovon redest du?«

»Ich habe an Kinder gedacht. Aber die haben eher Angst vor solchen Leuten.«

»Alle Kinder?«

»Na, so richtige Rabauken natürlich nicht. Die könnten schon auf die Idee kommen, mit so einem ihren Spaß zu treiben. Aber wie gesagt – ich würde es wahrscheinlich wissen, als ihre Lehrerin. Etwas anderes: vielleicht fehlt das Motiv, weil es gar nicht notwendig ist?«

Polt schabte mit der Hand am Kinn und dachte daran, daß er sich abends rasieren hätte sollen. »Du meinst so freundliche Zeitgenossen wie diese Frieb-Brüder?«

»Zum Beispiel. Sinnlose Gewalt ist ja nichts Ungewöhnliches heutzutage.«

»Ja, schon. Aber solche Gestalten wären dort oben vom Gapmayr gesehen worden, und die hätten ihn bestimmt gestört.« Polt schwieg und dachte an das kleine Wiesenstück. Gedankenverloren summte er die Melodie, die er von Willi gehört hatte.

»Du summst falsch.« Plötzlich machte Karin große Augen. »Ich bin der faule Willi!«

»Was?«

»Der Text zur Melodie. Dieser unsägliche Zeichentrickfilm, die Biene Maja...«

»Ich habe keinen Fernseher zuhause. Aber, in Dreiteufelsnamen, du hast recht!«

»Fragt sich nur, wo der Willi die Melodie herhat.«

»Da muß ich mit Frau Raab reden. Entweder hat er sich diesen Film angeschaut, oder...«

»... er hat das Lied von Kindern, die ihn damit verspottet haben.« Karin Walter schaute unglücklich. »Jemanden verspotten und am Tod eines Menschen schuldig oder mitschuldig sein, sind allerdings zwei Paar Schuhe.«

»Natürlich.«

»Und wir kommen beide in des Teufels Küche, wenn wir Kinder auf eine bloße Vermutung hin in so eine fürchterliche Sache hineinziehen.«

»Wem sagst du das. Von Hineinziehen kann auch gar keine Rede sein. Im Gegenteil. Gefällt mir überhaupt nicht, das Ganze. Aber die Augen zudrücken ist keine Lösung.«

»Simon Polt!« Karin war aufgestanden und räumte unwillig das Eßgeschirr ins Abwaschbecken. »Ich verspreche dir etwas, und du versprichst mir etwas.«

»Laß hören.«

»Gut. Ich werde mir meine Schulkinder unauffällig vornehmen. Das geht nicht von heute auf morgen. Aber wenn ich irgend etwas finden sollte, was für dich wichtig sein könnte, sag ich es dir.«

»Und mein Versprechen?«

»Was immer herauskommt: Nur wir zwei wissen vorerst davon. Und du unternimmst nichts, ohne daß wir vorher darüber geredet haben.«

»Ich hoffe ja, daß überhaupt nichts herauskommt.«

»Das war keine Antwort, Simon.«

»Also gut. Karin und Simon, Privatdetektei auf Biegen und Brechen.«

»Stell dir das nur nicht so lustig vor.«

Polt trat auf Karin Walter zu und nahm sie vorsichtig an den Oberarmen. »Tu ich ja nicht.« Nach einer Weile ließ er seine Hände unschlüssig sinken. »Ja dann…«

»Ja dann.« Karin schubste Polt zur Tür. »Sieh zu, daß du nach Hause kommst. Gendarmen in deinem Alter brauchen den Schlaf vor Mitternacht.«

Das Niemandskind

Czernohorsky, Simon Polts wohlbeleibter Kater, nahm den Frühling auf seine Weise wahr. Erst einmal verlor er das Winterfell. Es regnete rote Haare, sehr zum Mißfallen der alten Erna, die dafür sorgte, daß Polts Männerhaushalt auch weiblichen Ansprüchen so halbwegs genügte. Von Zeit zu Zeit gab Czernohorsky aber auch noch mit ungewohnter Hemmungslosigkeit dem Drängen der Natur nach.

Als Polt spätabends von Karin Walter zurückkam, begrüßte ihn der Kater nicht mit freundlich distanzierter Gelassenheit wie sonst. Er stieß klagende Laute aus, krümmte den Rücken und vollführte ein paar steifbeinige Quersprünge. Polt betrachtete ihn nachdenklich. »Du bist kastriert, mein Guter.« Czernohorsky antwortete mit einem schauerlichen Schrei und sprang durch das offene Küchenfenster ins Freie. Simon Polt zündete eine Kerze an, die in einem Leuchter aus gebogenem Draht auf dem Tisch stand. Er nahm das angekohlte Zündholz und spielte mit dem kleinen Feuer, wie er es schon als Kind gerne getan hatte. Dann lehnte er sich zurück und schaute in die Nacht hinaus.

Kaum war Polt früh am Morgen im Dienst, rief ihn Harald Mank zu sich. Sein Vorgesetzter zeigte auf einen gelben Plastiksack. »Da sind Willis Sachen drin, ohne jeden Wert, wie sich denken läßt. Am ehesten werden sie wohl der Frau Raab zustehen. Sei so gut und bring das Zeug bei ihr vorbei. Übrigens kannst du Frau Raab auch gleich sagen, daß die Leiche zur Bestattung freigegeben ist.«

Polt nickte. »Was dagegen, wenn ich mich bei ihr ein wenig über den Willi erkundige?«

Harald Mank klopfte mit dem Kugelschreiber auf die Tischplatte. »Immer noch neugierig, wie? Natürlich kannst du mit ihr reden. Aber achte um Himmels willen darauf, daß kein Verhör daraus wird.«

»Liegt mir ohnehin nicht so.« Polt machte sich gleich auf den Weg.

Antonia Raab wohnte in jenem etwas versteckten Teil von Burgheim, wo ärmere Bauern oder auch Landarbeiter kleine Häuser gebaut hatten. Viele davon waren in den letzten Jahren an Leute aus Wien verkauft worden. Angenehm ruhig war es hier, und es blieb auch Platz für kleine Vorgärten, wie sie früher bei fast allen Bauernhäusern im Ort üblich gewesen waren. Frau Raab schob eben ihr Fahrrad aus der Haustür, als sie den Gendarmen erblickte. »Grüß Sie, Herr Inspektor! Kommen Sie gar zu mir? Ich wollte gerade einkaufen fahren.«

»Mit dem Rad, in Ihrem Alter? Respekt. Aber vielleicht hat's etwas Zeit damit. Es geht um den Willi.«

»Um den Willi, sagen Sie? Ein Unglück ist das, nicht wahr? Kommen Sie ins Haus, Inspektor.« Frau Raab ließ das Fahrrad im Vorgarten stehen und ging voraus. In der

Stube wischte sie mit ihrer altersfleckigen Hand imaginären Staub von einem Sessel. »Bitte! Sie sind doch der Herr Polt, nicht wahr?«

»Bin ich, Frau Raab.«

»Ich habe Ihre Eltern noch gekannt. Der Vater war Weinbauer in Brunndorf. Warum haben Sie den Hof eigentlich nicht übernommen?«

Polt schaute die alte Frau offen an. Sie hatte ein rundes, runzeliges Bratapfelgesicht mit wachen Augen. »Schon mein Vater konnte den Hof nur als Nebenerwerb halten, und ich wollte eigentlich nie Bauer werden. Lehrer, das wär mein Traum gewesen. Aber wer hätte die Ausbildung bezahlen sollen? Da habe ich es eben in der Gendarmerie versucht.«

»So war das also. Und was haben Sie da drin?« Sie zeigte auf den Plastiksack.

»Sachen vom Willi. Sind vom Gericht gekommen. Die Beerdigung kann jetzt übrigens auch stattfinden.«

»Dann hat er ja bald seinen Frieden.« Frau Raab betrachtete die zerrissenen und beschmutzten Kleidungsstücke. »Alles zum Wegwerfen.«

»Sagen Sie, Frau Raab, wie sind Sie eigentlich zu Ihrem Pflegling gekommen?«

»Der Willi ist ein Findelkind. Ist als Säugling eines Tages vor meiner Tür gelegen. Sterben hab ich ihn nicht lassen können, und haben wollte ihn auch niemand. Mir ist er übrigens gleich komisch vorgekommen, und dann hat mir der Doktor gesagt, was mit ihm los ist. Na ja, irgendwie habe ich mich an ihn gewöhnt, und gebraucht hat er ja kaum etwas. Natürlich haben sie im Ort über mich geredet. Wie kann man nur so blöd sein und sich so etwas antun?«

»Nur gut, daß es Leute wie Sie gibt, Frau Raab.«

»Ach was. Aber wer hier in Burgheim den armen Kerl in die Welt gesetzt hat, hätte ich schon immer gern gewußt. Na ja, die liegen wohl schon auf dem Friedhof draußen. Irgendeine leichtsinnige, besoffene Geschichte wird es gewesen sein, wie das halt so ist auf dem Land. Und für die Folgen geniert man sich dann.«

Polt schaute zum Fernseher hinüber. Eine gehäkelte Decke lag darauf. »Hat so etwas den Willi interessiert?«

»Wie? Was?« Sie folgte seinem Blick. »Ach, Fernsehen meinen Sie. Nein, das war ihm zu kompliziert. Und Langeweile hat er nie gehabt. Er ist einfach stundenlang irgendwo gesessen und hat vor sich hin geschaut.«

»Weiß ich.« Simon Polt stand auf. »Danke, daß Sie für mich mit dem Einkaufen gewartet haben.«

»Warum danke? Ohne Mann und in meinem Alter ist man froh, wenn jemand dafür sorgt, daß die Zeit vergeht.«

»Dann darf ich also wiederkommen?«

Frau Raab lächelte kokett. »So ein fescher junger Gendarm!«

»Danke.« Polt gab ihr einen lautstarken Kuß auf die runzelige Wange, ging und ließ eine alte Frau zurück, die verwirrt den Kopf schüttelte.

In der Dienststelle traf er Inspektor Holzer an, der von einem Schriftstück aufblickte. »Hallo, Simon. Ich habe hier den Bericht über den Opel Olympia von Horst Breitwieser. Recht unterhaltsam, muß ich sagen.«

»In welcher Weise?«

»Na ja, die Unfallschäden bringen nichts Neues. Aber

technisch ist das Auto bemerkenswert. Eigentlich funktioniert nur noch die Hupe einwandfrei.«

»Aber der Herr Breitwieser war doch mit dem Opel recht häufig unterwegs?«

»Das ist ja das Erstaunliche. Der Motor ist auf drei statt auf vier Zylindern mehr gestolpert als gelaufen, gebremst hat nur noch das blanke Metall, und die Lenkung war fürchterlich ausgeschlagen. Zusammen mit dieser unglückseligen Öldruckfederung muß es ein Kunststück gewesen sein, das Auto überhaupt auf der Straße zu halten.«

»Wundert mich, daß sich der Breitwieser nicht darauf ausgeredet hat.«

»War vielleicht gegen seinen Ehrenkodex. Alte Herren sind da oft ziemlich eigen.«

»Ich werde mit ihm darüber reden. Sonst noch was los?«

»Nicht viel. Eine Anzeige von Frau Habesam gibt es. Ihr Fahrrad ist verschwunden.«

»Da schau ich aber. Passiert ihr ziemlich häufig in letzter Zeit.«

»Exakt sechsmal in knapp zwei Monaten.« Holzer grinste. »Aber wir werden den Drahtesel bald wieder haben.«

»Ganz meine Meinung. Ich bin nur gespannt, wo er diesmal liegt, oder hängt. Die ersten Fundorte waren eine Baumkrone und ein Preßhausdach, nicht wahr? Dann haben wir das Rad auf dem Friedhof entdeckt, und zwar in einem frisch ausgehobenen Grab. Wirklich originell.«

Holzer nickte. »Später ist es dann im Wiesbach gelegen, und erst vor kurzem haben wir es aus der Burgheimer Kläranlage gefischt. Ziemlich anrüchige Sache.«

»Na ja, die liebe Frau Habesam hat ja nicht nur Freunde.

Wenn da ein paar im Weinkeller zusammenhocken, kann schon was dabei herauskommen.«

»Und wir haben die Arbeit.«

»Du sagst es.« Polt schlug mit der flachen Hand auf einen dicken Stapel Papier. »Gehört alles mir. Zum Teufel damit.«

Nach Dienstschluß zog es Polt in die Burgheimer Kellergasse, weil er sich bewegen wollte nach all der Schreibtischarbeit. Als er Karl Gapmayrs Preßhaustür offenstehen sah, warf er einen neugierigen Blick hinein. Der Weinbauer hörte ihn kommen und drehte sich um. »Grüß Gott, Herr Inspektor. Kommen Sie nur herein. Jedesmal wenn ich hier bin, frage ich mich, ob ich das Preßhaus und den Keller nicht besser verkaufen sollte. So etwas ist von gestern. In einer klimatisierten Halle hätte ich die Sache besser im Griff.«

»Wär aber schade um alles.«

»Na ja, vielleicht bleibe ich auch dabei. Lagerraum kann man ja immer brauchen. Trinken wir schnell einmal?«

»Gern. Ich war noch nie in Ihrem Keller, der würde mich schon interessieren.«

»Dann kommen Sie. Er ist glatt betoniert. Sie können nicht stolpern.«

Als sie unten angelangt waren, schaute sich Polt staunend um. Der Höllenbauer-Keller war beachtlich groß, aber dieser hier übertraf ihn bei weitem. Außerdem war auf den ersten Blick kein System in der Anlage zu erkennen. Wie die Gassen einer Altstadt trafen die Kellerröhren in schrägen Winkeln aufeinander und schufen kleine Plätze.

»Weiß oder rot?« fragte der Gapmayr. »Ich tu mir das Theater nicht an. Bei mir macht's die Menge. Lesemaschine, hydraulische Presse, große Tanks.« Er goß zwei Gläser voll, trank, noch bevor Polt gekostet hatte, und stellte das halbleere Glas beiseite. »Ein sauberer, neutraler Grüner. Soll ihn der Händler richten, wie er mag. Und Sie, Inspektor? War ein Pech, das mit dem Willi, nicht wahr? Mein Freund war er nie. Aber getan hat er mir auch nichts. Na ja. Erledigt.«

Polt trank einen Schluck und mußte sich widerwillig eingestehen, daß am Wein nichts auszusetzen war. »Ihnen gehört doch die *Riede todter Hengst?*« fragte er beiläufig. »Woher kommt der Name eigentlich?«

»Vom gefährlich steilen Güterweg, der dorthin führt. Da hat es früher oft genug ein Pferdegespann erwischt, und wenn der Bauer unter den Wagen gekommen ist, dann gute Nacht.«

»Und die Wiese davor?«

»Gehört zu meinem Grund. Ich will mit dem Traktor nicht so nah an den Lößabsturz heran, darum liegt das Stück Land eben brach.«

»Der Willi war öfter dort, nicht wahr?«

»Ja. Fast jeden Tag. Noch etwas?«

»Nein. Eigentlich nicht. Oder doch. Haben Sie eine Ahnung, wie das passiert sein könnte, der Todessturz, meine ich?«

»Keine Ahnung. Ich weiß ja nicht, was in so einem Kopf vorgeht, wenig genug, vermutlich. Aber jetzt kommen Sie einmal mit, Inspektor.«

Gapmayr führte Polt kreuz und quer durch den matt

erleuchteten Keller, und nach einiger Zeit hatte der Gendarm die Orientierung verloren. Schließlich kamen die beiden zu einer verschlossenen Tür. Gapmayr öffnete sie, und Tageslicht drang herein. Inspektor Polt kam sich vor wie ein Kind, das durch einen Märchenbrunnen in eine andere Welt gefallen war. Er sah hohes Gras, altes Mauerwerk, morsche Kellertüren und eingesunkene Dächer unter wuchernden Akazienstauden. »Wo sind wir hier?«

Gapmayr lachte kurz. »In einer aufgelassenen Kellergasse zwischen Burgheim und Brunndorf. Aber jetzt müssen wir zurück. Ich habe wenig Zeit, leider.«

Im Grenzland

Als Simon Polt am nächsten Morgen gegen sechs aufwachte, schaute ein wolkenbedeckter Himmel durchs offene Fenster. Der Gendarm schaute griesgrämig zurück, murmelte: »Es ist eine Lust zu leben« und stand widerwillig auf. Das Außenthermometer zeigte 12 Grad, feiner Nieselregen ließ die Blätter der Büsche im Hof glänzen.

Polt schloff in einen schäbigen Bademantel, schlurfte in die Küche und füllte Czernohorskys Futternapf. Der Gendarm wunderte sich darüber, daß der Kater nicht schon längst neben ihm stand und Laute ausstieß, die jeden Tierschützer davon überzeugen mußten, daß hier der qualvolle Hungertod eines zum Skelett abgemagerten Katers nur noch eine Frage von Minuten war. Doch Czernohorsky zeigte sich nicht. Polt war etwas beunruhigt. Ausgedehnte Streifzüge in die benachbarten Höfe gehörten zwar durchaus zum Alltag des Katers, doch legte er großen Wert auf regelmäßige Mahlzeiten. »Na, dann eben nicht.« Polt ging ins Badezimmer. Selten, aber doch, war es ja vorgekommen, daß sich die Abenteuerreisen seines haarigen Mitbewohners über mehrere Tage hin ausdehnten. Es bestand also wenig Grund, sich das Frühstück verderben zu lassen.

Polt kochte Kaffee, strich goldgelbe Bauernbutter auf eine dicke Scheibe Schwarzbrot, legte Hausgeselchtes vom Höllenbauern auf einen Steingutteller und füllte ein Glas mit Apfelsaft. Gemächlich kauend las er in der Lokalzeitung und bewunderte wieder einmal, wie der Redakteur das Leben auf dem Lande stilsicher mit einem internationalen Touch versah. Da gab es einen Brauchtumskirtag mit *Megaclubbing*, einen neuen Spielplatz für die Brunndorfer *Kids*, dralle Bäuerinnen im *Trachtenlook*, einen Feuerwehr-*Event* und die nimmermüde *Crew* des Dorfverschönerungsvereines.

Gestärkt an Leib und Gemüt, begab sich der Gendarm in seine Dienststelle. »Was dagegen, wenn ich zum Runhof fahre?«

Harald Mank schluckte erst einmal den letzten Bissen Wurstsemmel hinunter. Seit ihn seine Frau probiotisch ernährte, um die Energieflüsse im Innern ihres Angetrauten zu harmonisieren, waren zusätzliche Mahlzeiten im Büro unerläßlich geworden. »Nur zu.« Harald Mank warf das Einwickelpapier zielsicher in den Abfallkorb. »Telefon hat der Breitwieser keins. Aber wo soll er sonst sein als zu Hause. Außerdem kannst du bei dieser Gelegenheit gleich Ausschau nach Frau Habesams Fahrrad halten.«

»Wird gemacht.« Gendarmerie Inspektor Polt nahm einen Autoschlüssel vom Haken und ging. Der Regen war ein wenig stärker geworden, und die Wolken hingen tief. Neue Scheibenwischer wären keine schlechte Idee, dachte Polt und überlegte dann, wo er das vermißte Fahrrad finden könnte. Bisher war die Untat stets mit einem gewissen Einfallsreichtum einhergegangen. Polt fuhr also erst einmal zum Burgheimer Müllablageplatz und erkundigte sich, ob hier vielleicht ein eigentlich noch nicht schrottreifes Fahrrad aufgetaucht sei. Er hielt auch an der Hubertuskapelle hoch über dem Talboden Nachschau, und dann bremste er auch noch am neuen Brunndorfer Feuchtbiotop. Hier wurde der Gendarm fündig. Das Fahrrad stand, mit ein paar Ästen verspreizt, im flachen Wasser, und darauf saß eine aus Säcken geschnürte Puppe in Frauenkleidern, der eine gewisse Ähnlichkeit mit Frau Habesam nicht abzusprechen war. Polt zog Schuhe und Socken aus, krempelte die Hosenbeine hoch und barg seinen Fund. Das Fahrrad klemmte er unter den Kofferraumdeckel und die Puppe plazierte er auf dem Beifahrersitz. Kaum eine Minute später bremste Polt vor Frau Habesams Geschäft. Sofort kam die Inhaberin vor die Tür. »Polizeibesuch, was für eine zweifelhafte Ehre!« Dann erblickte sie Polts Mitfahrerin und ließ ein empörtes Schnauben hören. »Wer soll das denn sein?«

»Weiß ich doch nicht.« Der Gendarm war ausgestiegen. »Jedenfalls ist die Dame auf Ihrem Fahrrad gesessen, Frau Habesam, im Brunndorfer Feuchtbiotop übrigens.«

»Nichts wie Bosheit ist in der Welt«, merkte die Kauffrau an und nahm ihr Fahrrad entgegen. »Jetzt soll ich mich auch wohl noch bedanken, bei Ihnen, nicht wahr? Den Teufel werd ich tun. Sorgen Sie in Zukunft dafür, daß ehrbare Frauen nicht bestohlen werden. Auf Wiedersehen, Herr Inspektor. Ich habe Kundschaften im Geschäft.« Sie warf noch einen verächtlichen Blick auf die Puppe. »Und die da nehmen Sie wohl zum Spielen mit nach Hause, nicht wahr? Wird die Karin Walter aber ganz schön eifersüchtig sein.«

Polt wandte sich wortlos ab und machte sich auf den Weg zum Runhof. Diesmal stand Horst Breitwieser in der Tür. Er trug Schnürlsamthosen und eine dicke Strickjacke. »Guten Tag, Herr Inspektor. Sie bemerken schon: Niemand nähert sich dem Runhof ungesehen. Gibt es etwas Neues? Aber kommen Sie doch erst einmal herein.«

Polt folgte dem alten Mann in einen riesigen Innenhof. Breitwieser war stehengeblieben und wies mit einer müden Geste in die Runde.

»Eine sterbende Welt, Inspektor. Wenn wir diesen Fritz Brenner nicht hätten, säßen meine Frau und ich schon im Altersheim. So aber können wir noch die Getreidefelder bestellen, und Vieh gibt es auch. Das reicht mehr schlecht als recht für die Pacht. Doch eigentlich sollte man sterben lassen, was nicht zum Leben taugt. Bitte kommen Sie weiter.« Horst Breitwieser ging auf eine kleine Tür zu, die in die Küche führte. Seine Frau stand an einem großen gemauerten Herd, schaute kurz auf und nickte grüßend. Der Gendarm glaubte zu erkennen, daß sie geweint hatte. Als Polt nähertrat, bemerkte er, daß auf der Eisenplatte ein kleiner Petroleumkocher stand. Breitwieser lächelte, als er Polts erstauntes Gesicht sah. »Das Gerät genügt für uns beide. Funktioniert seit Jahrzehnten, und Petroleum ist billig. Noch in der Zeit zwischen den Kriegen wurde hier für Hunderte von Leuten gekocht. Heute können wir Sie nicht einmal zum Mittagstisch einladen. Es würde nicht reichen. Doch gehen wir ins Arbeitszimmer.«

Eine abgetretene Holztreppe mit schön gedrechseltem Geländer führte in den ersten Stock. Dort gab es eine hohe zweiflügelige Tür. Auf der Mauer waren Reste einer gemalten Umrahmung zu sehen und ein Wappen. »Erkennen Sie es, Inspektor? Nein? Das Wappen der Kuenringer. Die hatten auch hier Besitzungen. 1747 haben sie auf Schloß Seefeld den Letzten ihres Stammes begraben. Soll ein Mordsspektakel gewesen sein, damals. Jedenfalls hatte der Herr etwas mit mir gemeinsam: Er war hoch verschuldet.« Breitwieser öffnete die Tür. Polt schaute sich erstaunt um, weil er einen solchen Raum hier nicht vermutet hätte. Zuerst fiel der Blick auf einen wuchtigen Schreibtisch und ein Gemälde darüber, das die monumentale Gestalt eines Sämanns zeigte. »Schönes Bild«, bemerkte Polt höflich.

»Ein Lanzinger. Großartiger Maler. Verkannt, ja verleugnet heutzutage, und in den Schmutz gezogen.«

Zur rechten Hand umrahmte eine Bücherwand einen offenen Kamin, vor dem zwei lederbezogene Ohrenstühle standen. Gegenüber gab es noch eine Sitzgruppe. Breitwieser deutete auf einen der niedrigen Stühle. »Nehmen Sie bitte den. Der ist noch am stabilsten. Sie werden sich fragen, was dieser noble Arbeitsraum hier soll. Hier hat der Verwalter residiert, die rechte Hand des Gutsherrn. Die Leute vom Hof waren ärmer dran als die Bauern im Dorf, aber ihr Herr konnte sich einigen Luxus leisten.«

Breitwieser schmunzelte. »Und wenn er einmal Lust auf eine der Mägde hatte, war's wohl auch kein Problem.«

Polt kannte einige alte Gutshöfe in der Gegend, doch waren ihm diese elegischen Reste feudaler Strukturen immer fremd gewesen. »Wann war die große Zeit der Grundherrschaft eigentlich vorbei?« fragte er interessiert. »Mit der Bauernbefreiung?«

»1848 meinen Sie? Nicht einmal so sehr. Die Bauern mußten für ihre neue Freiheit ja bezahlen, und nicht wenige gingen daran zugrunde. Die Gutsherren hatten hingegen frisches Geld und konnten ihre Höfe modernisieren. Außerdem war Arbeitskraft so billig wie nie. Verarmte Bauern, arbeitslose Landarbeiter, umherziehendes Gesindel. Der Verwalter war da nicht zimperlich, er sorgte mit eiserner Hand dafür, daß fleißig gearbeitet wurde. Sogar nach dem Ersten Weltkrieg standen die Gutshöfe noch ganz passabel da.« Breitwieser stand auf und holte ein schmales Bändchen aus dem Regal. »Hier, sehen Sie. 1927 waren reichsdeutsche Landwirte im Weinviertel. Das ist die Dokumentation ihrer Studienreise. Auch der Runhof wird darin erwähnt. 347 Stück Großvieh standen im Stall, und die Ausstattung mit Maschinen war recht gut. Nur mit den Arbeitskräften gab es damals schon Probleme. Das Grenzland war ausgeblutet und fast menschenleer. Man mußte sich mit tschechischen Akkordarbeitern helfen. – Aber Sie sind bestimmt nicht zu mir gekommen, Inspektor, um über alte Zeiten zu reden, habe ich recht?«

Polt nickte. »Es geht natürlich um diesen Unfall. Ihre Frau wird Ihnen ja davon erzählt haben, daß Herr Riebl kein gewöhnliches Unfallopfer war.«

»Ja. Danke, daß Sie sich so um den Fall kümmern. Aber es ändert wohl nicht viel, wie?«

»Nein. Es sei denn, wir finden einen Zeugen, der irgend etwas in dieser Richtung bemerkt hat. Aber noch was kommt dazu: Ihr Auto war ja kaum noch lenkbar.«

»Sie meinen, ich könnte mich darauf hinausreden? Das ist nicht meine Art. Außerdem bin ich langsam gefahren und hatte das Fahrzeug durchaus in meiner Gewalt.«

Polt lehnte sich vorsichtig in seinem knarrenden Stuhl zurück. »Nur weil es mich persönlich interessiert: Sie und Ihre Frau kommen doch aus Wien, nicht wahr?«

»Ja. Ich hatte maturiert und wollte Medizin studieren. Da kam der Krieg dazwischen und hat alles zerstört. Heimat, Würde, Lebenskraft. Aber wir hatten noch Illusionen, damals, meine junge Frau und ich: ein Bollwerk bäuerlicher Kultur an der feindlich gewordenen Grenze. Der Gutsherr war damals froh, daß sich jemand um die Gebäude kümmerte, besser gesagt, um den traurigen Rest, den die Zerstörungswut der Russen übriggelassen hat. Die Pacht war also denkbar gering und ist auch heute nicht hoch. Wir haben schwer gearbeitet und eisern gespart, und wir sind gescheitert, Inspektor. Ja, wenn es einen Sohn gäbe, stark und entschlossen, dann könnte es sich schon noch lohnen, für die Zukunft zu kämpfen. Aber so hat uns das Schicksal bestohlen. Sie ahnen nicht, wie sehr. Aber lassen wir das. Es zählt heute nicht mehr. Wir werden den Runhof aufgeben müssen, und er wird dann wohl endgültig verfallen. – Entschuldigen Sie mich bitte für einen Augenblick.« Breitwieser erhob sich, ging zum Schreibtisch, nahm ein dort liegendes Fernglas und spähte durch eines der hohen Fenster nach Osten. »Dachte ich es mir doch. Sie kommen immer am frühen Nachmittag.« Er wandte sich dem Gendarmen zu. »Der Runhof steht unter Beobachtung, müssen Sie wissen.«

Polt blickte erstaunt hoch. »Und wer sollte so etwas tun?«

»Kinder. Ihre Gesichter kann ich nicht erkennen. Für die bin ich wohl ein greiser Raubritter in einer finsteren Feste.« Er reichte Polt das Glas, und tatsächlich sah der Gendarm, daß sich bei der Buschgruppe, wo die Zufahrt zum Runhof einen Knick machte, etwas bewegte.

Die Viererbande

»Wir sind da. Hier ist er gelegen.« Simon Polts Stimme klang spröd. Er und Karin Walter waren mit den Fahrrädern durch die Burgheimer Kellergasse zur Wiese unter dem Lößabsturz gefahren. Es war ein schöner Sonntagmorgen, und die Steilwand leuchtete in der Sonne.

»Ich war schon lange nicht mehr hier.« Die Lehrerin legte ihr Fahrrad ins Gras. »Schön ist es. Entschuldige, Simon, wenn ich das so sage.«

»Warum denn nicht? Dem Willi hat es auch gefallen.«

Karin schaute Polt prüfend an. »Meinst du das ironisch?«

»Nein, Karin, ganz und gar nicht. Weißt du, nach und nach schieben sich die hellen Bilder vor die dunklen.«

»Recht so. Übrigens habe ich erzählen gehört, daß es hier früher eine kleine Ziegelei gegeben hat.«

»Wie so häufig in dieser Gegend. Warum nicht. Das

würde auch die Höhe der Wand erklären und die eigenartige Wiesenbucht davor. Kannst du mir übrigens sagen, woher die Löcher im Löß kommen?«

»Das sind Vogelwohnungen, wenn mich nicht alles täuscht, Bienenfresser waren da am Werk. Zieselbauten werden auch darunter sein, mit Balkon und Fernsicht sozusagen. Na ja. Und unterhalb wuchert es, wie das eben so ist, auf brachliegenden Grünflächen, den Gstetten. Hinten siehst du Hollerstauden, einen Nußbaum, und irgendwann werden die Akaziensträucher die Alleinherrschaft antreten. Die Unkrautwiese davor steht derzeit natürlich in voller Blüte.« Karin zupfte eine kleine Dolde vom Stengel. »Das ist zum Beispiel der gelbe Wiesensilau. Was hätten wir denn noch?« Sie wurde von pädagogischem Eifer ergriffen. »Blau blühende Wegwarte, gelb blühendes Habichtskraut. Diese violetten Kerzen hier, das ist Wiesensalbei. Mein Lieber, da spielt es sich ab! Johanniskraut, Kugeldisteln, kleine weiße Nachtlichtnelken, Steinklee, Taubnesseln. Ja, und da schau her! Ein blauer Natternkopf!«

Polt, schon einigermaßen verwirrt, fiel Karin ins Wort. »Natternkopf? Wie kommt denn eine Blume zu diesem Namen?«

Die Lehrerin zeigte auf Staubgefäße, die auffallend weit aus der Blüte ragten. »Und dazu noch eine zweispaltige Narbe.« Sie machte ein spitzes Gesicht und züngelte.

»Ah, ja, ich verstehe.« Polt war beeindruckt. Langsam näherten sie sich dem dichten Gestrüpp am Fuß der Lößwand. Polt versuchte seiner Begleiterin den Weg zu bahnen. Dann blieb er überrascht stehen. Eine niedrige Höhle zog sich, durch das Zweigwerk vor Blicken geschützt, an die zehn Meter in den Löß. »Wenn das kein Abenteuerspielplatz ist!«

Karin Walter trat dicht an Polt heran. »Und ob. Allerdings ein ziemlich gefährlicher.«

Die beiden gingen zum Wegrand zurück.

»Das hier ist übrigens ein Götterbaum.« Sie zupfte ein Blatt vom Zweig und zerrieb es zwischen Daumen und Zeigefinger. »Riecht erstaunlicherweise wie ein Hasenstall. Da, probier's!«

Simon Polt stellte fest, daß er gerne an Karins Fingern roch, Hasenstall hin oder her.

Sie wischte flüchtig die Hand an den Jeans ab. »Gehen wir hinauf?«

Polt gab sich einen Ruck. »Ja, gehen wir.«

Oben angekommen, waren beide ein wenig außer Atem. Unter ihnen lag ein sanftes Gewirr von Hügeln, kleine Weingartenhütten standen zwischen den Reben. Tieferwärts waren die Kirchtürme von Burgheim und Brunndorf zu sehen, und dazwischen ragte der Schlot eines Ziegelofens hoch, der in den 50er Jahren zusperren hatte müssen. Nicht einmal für die Abwicklung des Konkurses war genug Geld dagewesen.

Karin trat an den Rand des Absturzes und schaute vorsichtig hinunter. »Da ragen Steine aus dem Löß, und der Regen hat turmartige Gebilde ausgewaschen.«

»Das hat der Willi alles zu spüren bekommen, beim Hinunterfallen.« Simon Polt legte den Arm um ihre Schulter. »Hast du dich übrigens umgeschaut, unter deinen Schulkindern?«

Sie streifte seinen Arm ab. »Natürlich habe ich das.«

»Ja und?«

»Nichts Konkretes, beim besten Willen nicht.«

»Aber etwas macht dich stutzig, nicht wahr?«

»Du kennst mich schon viel zu gut.« Karin riß unwillig einen Grashalm aus. »Es gibt da so etwas wie eine Lausbubenbande in der ersten Klasse. Was die so treiben, ist nicht immer harmlos und manchmal auch richtig boshaft. Andererseits: Besonders der Anführer, der Klaus, ist ein heller Kopf. Und er hat Sinn für Kameradschaft. Wie auch immer. Mit denen ist irgendwas los, da bin ich mir ziemlich sicher. Sie sind lauter und aggressiver als sonst und dann wieder völlig unkonzentriert.«

»Und seit wann ist das so?«

»Ich weiß, was du hören möchtest, Simon. Aber so auffällig sind diese Buben auch wieder nicht. Erst nach unserem Gespräch, als ich genauer hingeschaut habe, bin ich aufmerksam geworden. Ich habe dann mit dem Klaus geredet. Aber außer einer patzigen Antwort habe ich nichts zu hören bekommen.«

»Hast du ihn direkt auf den Willi angesprochen?«

»Nein, hab ich nicht. Wär doch reichlich ungeschickt gewesen, oder?«

»Jaja. Und wie komme ich an die vier heran?«

»Ich habe befürchtet, daß du das willst. Vorerst gibt es für mich nur zwei Möglichkeiten. Sieh zu, daß du wieder einmal zum Verkehrsunterricht in die Hauptschule eingeteilt wirst. Dann kannst du dir ein erstes Bild von den Buben machen. Oder du hast Glück und erwischst sie in der aufgelassenen Kellergasse zwischen Brunndorf und Burgheim. Dort spielen sie gerne, ich glaube, dort ist für sie so eine Art Räuberhauptquartier. Hast du was zu schreiben?«

»Klar, als stets dienstbereiter Gendarm. Also?«

»Klaus Wieser, Toni Sauer, Franz Heindl und Robert Öller sind die Namen.«

»Danke.« Polt faltete den Zettel sorgfältig zusammen und steckte ihn in die Hemdtasche. »Vor ein paar Tagen war ich übrigens wieder einmal auf der Suche nach Frau Habesams gestohlenem Fahrrad. Diesmal ist es im Feuchtbiotop von Brunndorf gestanden mit einer Sackpuppe auf dem Sattel. Wie findest du das?«

Karin schwieg vorerst. Dann sagte sie leise: »Die vier haben bei Frau Habesam Hausverbot, weil sie Schokobananen gestohlen haben, wenn nicht mehr.«

»Da schau her.«

»Jaja, da schau her! Weißt du was? Ich habe Angst.«

»Mir geht's nicht viel besser, aber irgendwie muß die Sache ja weitergehen. Ich bin überzeugt davon, daß die Buben nichts wirklich Ernstes angestellt haben, aber ich brauche Klarheit, damit sie für mich aus dem Spiel sind.«

»Um jeden Preis?«

»Um jeden angemessenen und vernünftigen Preis.«

»Müssen Männer so sein, Simon?«

»Ich versteh nicht.«

»Wie denn auch.«

Schweigend kehrten die beiden zu ihren Fahrrädern zurück. Karin schaute auf die Uhr. »Um Himmels willen. Höchste Zeit für den Sparverein im Gasthaus Stelzer.« Schon war sie unterwegs und legte ein beachtliches Tempo vor. Simon Polt hatte einige Mühe, ihr zu folgen. Dann ging es die Kellergasse bergab. Vor Karl Gapmayrs Preßhaus teilte eine gepflasterte Wasserrinne den Asphalt. Die Lehrerin bremste, im gleichen Augenblick kippte das Fahrrad nach vorn, sie wurde über den Lenker geschleudert, versuchte mit den Armen ihren Sturz noch abzufangen, prallte schwer mit dem Kopf auf die Fahrbahn und blieb auf dem Rücken liegen.

Polt rannte zu ihr. Karin war bewußtlos. Eine Platzwunde am Hinterkopf blutete stark, auch aus der Nase sickerte Blut. Jetzt erst bemerkte Polt Karl Gapmayr, der neben ihn getreten war. »Schnell! Einen Arzt!«

Der Weinbauer legte ihm beruhigend die Hand auf die Schulter. »Schon erledigt. Mit dem Handy.«

»Danke.« Der Gendarm drehte Karins Körper vorsichtig in die Seitenlage, bog ihr den Kopf nach hinten und schob ihre Hand darunter. Sie atmete. Polt konnte am Hals den Pulsschlag fühlen. Er hob seinen Kopf und sah Karins Fahrrad auf dem Asphalt liegen. Das Vorderrad fehlte. Minuten später hörte er das Signal des Krankenwagens. Ein Notarzt, den Polt nicht kannte, beugte sich kurz über die Lehrerin und gab den Sanitätern Anweisungen. Polt war aufgestanden. »Darf ich mitkommen? Ich bin Gendarm.« Der Arzt blickte ihn kurz an. »Ja, natürlich.«

Polt wandte sich an Karl Gapmayr. »Rufen Sie bitte auch noch meine Kollegen an. Und das Fahrrad bleibt unberührt liegen, wie es ist.« Gapmayr nickte wortlos und griff zum Handy. Der Kleinbus fuhr los.

»Wie ist es eigentlich passiert?« fragte der Notarzt. Widerwillig löste Polt seinen Blick von Karin, die still auf der Bahre lag.

»Beim Bremsen hat sich das Vorderrad gelöst. Zufall kann das keiner gewesen sein. Sie hat immer sorgfältig darauf geachtet, daß alles an ihrem Fahrrad in Ordnung war. Eine Lehrerin, wissen Sie!«

Die Fahrt zum Bezirkskrankenhaus Breitenfeld dauerte kaum zwanzig Minuten. Unwillig richtete sich Polt auf eine längere Wartezeit in der Unfallambulanz ein. Aber er brauchte ohnedies Zeit, um Ordnung in sein Inneres zu bringen. Ruhig saß er da, ließ seine Wut abkühlen, legte fürsorgliches Mitgefühl für später beiseite und versuchte die Angst wegzusperren, um denken zu können. Zwischendurch wurde ihm auch noch klar, daß er Karin Walter liebte. Einfach so und ziemlich massiv.

Simon Polt hätte nicht sagen können, wieviel Zeit vergangen war, als ihn ein junger Arzt ansprach. »Sie können Frau Walter jetzt sehen, Inspektor. Es geht ihr gar nicht so schlecht. Sie ist rasch zu Bewußtsein gekommen. Wir behalten sie noch bis morgen zur Beobachtung hier. Zimmer 247, zweiter Stock.«

»Hallo, Simon.« Karin brachte ein Lächeln zuwege. »Erstaunlich, was einem alles weh tun kann. Und mein Kopf führt sich auf, als ob ich drei Tage durchgesoffen hätte.«

»Klar, die Gehirnerschütterung. Aber das wird wieder. In zwei, drei Tagen bist du wie neu.«

»Das möchte ich bezweifeln.« Karin ächzte verhalten. »Vor allem, was die Optik angeht.«

»Du siehst allerliebst aus.«

»Pfui Teufel. Ich hätte dir einen besseren Geschmack zugetraut.«

»So bin ich eben.« Polt war sehr erleichtert und geradezu übermütig. Er küßte Karin kühn auf die Nasenspitze, verabschiedete sich und fuhr mit dem Autobus nach Burgheim. Es war Abend, als er ankam. Zuhause schaute er gleich einmal nach Czernohorskys Futternapf. »Verdammt«, murmelte er, »jetzt ist dieser Kater schon drei Tage weg.«

Söhne aus gutem Haus

Auch am Morgen des folgenden Tages blieb Czernohorsky verschwunden. Sorgenvoll begab sich Polt in die Dienststelle und berichtete erst einmal Harald Mank von Karin Walters Unfall. »Jemand hat die Radmuttern gelockert«, schloß er, »jede Wette darauf.«

»Schon gut.« Der Dienststellenleiter biß mit offensichtlichem Behagen in eine fetttriefende Leberkäs-Semmel. Er schluckte und gönnte sich einen diskreten Rülpser. »Entschuldige. Aber meine Frau hält mich reichlich knapp, derzeit. Hast du eine Ahnung, wer es gewesen sein könnte?«

Simon Polt nickte energisch. »Mehr als nur eine Ahnung. Diesen Frieb-Brüdern, Anatol und René, bin ich in den letzten Wochen ein paar Mal kräftig auf die Zehen getreten. Die haben bestimmt gute Lust darauf, es mir heimzuzahlen. Also sind sie erst einmal auf mein Fahrrad losgegangen, und dann haben sie das von Karin Walter manipuliert.«

»Letzteres richtet sich allerdings gegen unsere geschätzte Lehrerin und nicht gegen dich, Simon.«

Polt schwieg und bekam einen roten Kopf. »Indirekt schon und um so schmerzlicher.«

»Ach so. Ich verstehe.« Harald Mank lächelte väterlich und widmete sich wieder seiner Leberkäs-Semmel. Gesättigt und getröstet schaute er dann vor sich hin. »Vielleicht gelingt es uns, das Problem an der Wurzel zu packen, bevor ein ewiges Ärgernis daraus wird. Ich meine, vielleicht lassen die Eltern der zwei vernünftig mit sich reden. Du könntest es immerhin einmal versuchen. Derzeit sind sie ja hier, in ihrem Haus.«

Simon Polt schaute nicht eben begeistert drein. »Ob mit denen zu reden ist, weiß ich nicht, wenn ich mir überlege, wie sie mit ihren Kindern umgehen. Aber du hast recht. Einen Versuch ist es wert. Rufst du vielleicht vorher an? Macht ja doch mehr Eindruck.«

Gegen zehn, um nicht zu früh zu stören, griff Harald Mank zum Telefon.

»Ja? Frieb.«

»Schönen guten Morgen und entschuldigen Sie die Störung. Ich bin Harald Mank, der Leiter des Polizeiwachzimmers Burgheim.«

»Und?«

»Es wäre sehr freundlich von Ihnen, unseren Gruppeninspektor Polt zu empfangen. Es geht grundsätzlich um ein gutes Einvernehmen mit unseren neuen Mitbürgern.«

»Ich wüßte nicht, wozu das gut sein sollte. Aber meinetwegen. Kann dieser…«

»Inspektor Polt.«

»…kann er um 15 Uhr hier sein? Ich bitte mir Pünktlichkeit aus!«

»Das wird gehen. Und vielen Dank auch.« Mank legte den Hörer auf und schaute zu Polt hinüber. »Viel Vergnügen, mein Guter. Du wirst dich in besseren Kreisen bewegen. Paul Frieb ist ein pensionierter Generaldirektor, wenn ich mich nicht irre, und offensichtlich ein ganz reizender Mensch.«

Pünktlich auf die Minute legte Simon Polt seinen Finger auf einen Klingelknopf aus poliertem Messing.

»Sind Sie dieser Gendarm?« klang es aus der Gegensprechanlage.

»Ja.«

Summend öffnete sich die Gartentür, Simon Polt ging zum Haus und wurde von Paul Frieb empfangen. Wortlos folgte er ihm.

»Wir gehen in mein Büro. Da sind wir ungestört und können die Sache rasch hinter uns bringen.« Der weißhaarige Mann nahm hinter einem Schreibtisch Platz, der bestimmt nicht billig gewesen war. »Setzen Sie sich, Herr...«

»... Polt.«

»Ja, richtig.« Paul Frieb überreichte dem Gendarmen eine Visitenkarte. »Hier, damit Sie wissen, mit wem Sie es zu tun haben.«

Polt warf einen Blick auf eine Reihe eindrucksvoller Berufstitel und schob die Karte in eine Tasche seiner Uniformjacke. »Willkommen in Burgheim, Herr Frieb!«

»Darauf kann ich verzichten. Es ist ruhig hier, und die Luft ist sauber. Soviel zu unseren Ansprüchen. Das Dorf brauchen wir nicht. Gut möglich, daß auch einfache Menschen ihren Charme haben. Aber es ist nicht unsere Welt, wirklich nicht. Können Sie mir folgen?«

»Durchaus. Burgheim ist übrigens eine Stadt, man würde es kaum glauben.«

»Oh. Entschuldigung. Aber wir sitzen wohl nicht hier, um ländliche Eitelkeiten zu zelebrieren.«

»Nein. Es geht um Ihre beiden Söhne.«

»Wer hätte das gedacht.« Paul Frieb nahm eine Zigarre aus einem schönen Holzkästchen und kappte die Spitze mit einer Schneidevorrichtung, die wie eine winzige Guillotine aussah.

Polt schaute ihm interessiert zu. »Einer der beiden, ich glaube Anatol, hat am Ostermontag einen Weinbauern tätlich angegriffen.«

»Und Sie, Herr Gendarm, haben ihn fertiggemacht und dann meine Söhne wie Vieh abtransportieren lassen.«

»Der Transport war ihrem Zustand angemessen. Außerdem müßte ich eigentlich Anzeige erstatten.«

»Und warum tun Sie es nicht?«

»Mein Gott, Herr Frieb, weil wir immer erst einmal versuchen, mit den Leuten hier friedlich auszukommen.«

Polts Gegenüber lehnte sich zurück, zündete seine Zigarre an und rauchte genußvoll. »Sie meinen, daß mir das Wohlwollen subalterner Beamter etwas bedeutet?«

»Ihre Sache. Leider gibt es auch in zwei anderen Fällen einen schlimmen Verdacht, der Ihre Söhne betrifft.«

»Verdächtigen Sie, wen Sie wollen. Sobald Sie Beweise haben, kommen Sie wieder.«

»Ist es Ihnen eigentlich egal, was Ihre Söhne so treiben, Herr Frieb?«

»Das geht Sie nichts an, Herr Gendarm. Aber ich will Ihnen etwas sagen. Die beiden sind schon lange volljährig und für sich selbst verantwortlich.«

»Auch verantwortlich dafür, daß sie so geworden sind?«

Paul Frieb machte eine zornige Handbewegung, fand seine Beherrschung wieder, schwieg und schaute Polt aus kieselgrauen Augen an. Die Zigarre hatte er weggelegt. Dann stand er auf, öffnete die Tür und rief: »Anatol, René, zu mir ins Büro!«

Zu seinem Erstaunen hörte Polt schon kurz darauf Schritte. Die Brüder kamen und verzogen die Mundwinkel, als sie den Gendarmen erblickten. »Setzt euch dort auf die Bank«, sagte ihr Vater und fügte dann, zu Polt gewandt, hinzu: »Erledigen Sie Ihre Arbeit!«

»Ihr habt so allerhand auf dem Gewissen, dafür gibt es Zeugen. Sachbeschädigung, Prügeleien, öffentliches Ärgernis und eine versuchte Körperverletzung, wenn nicht mehr. Aber bis jetzt haben wir beide Augen zugedrückt.«

»Arschkind«, sagte René, und Anatol grinste.

Polt nickte. »Klar, daß ich nicht euer Freund bin. Aber ich habe eben einen Beruf. Wie war das eigentlich mit meinem Fahrrad? Euer Werk?«

Beide schwiegen, beide grinsten.

»Und die Sache mit dem Fahrrad der Lehrerin? Ihr Sturz hätte tödlich ausgehen können, verdammt noch einmal.«

»Cool down, man«, sagte Anatol.

»Noch etwas: Habt ihr eigentlich den Willi gekannt? Ich meine, den Behinderten, der ums Leben gekommen ist?«

»Den abgewichsten Schizzo?« René schaute Anatol an. »Zeit, daß er ausgeschissen hat. Ist uns aber ziemlich egal.«

Noch während er sprach, war sein Vater aufgestanden, trat mit raschen Schritten an seinen Sohn heran und gab ihm eine schallende Ohrfeige.

»Aufpassen, Alter«, sagte René.

Paul Frieb achtete nicht darauf. »Wie ihr mit Erwachsenen umgeht, die über sich bestimmen können, ist in eurer Verantwortung. Aber ich dulde nicht, daß so über einen Behinderten geredet wird. Verstanden? Und jetzt geht mir aus den Augen, alle. Darf ich auch Sie bitten, Herr Inspektor?«

Anatol und René gingen wortlos. Simon Polt war schon im Vorgarten, als ihn Klara Frieb, die Mutter der beiden, anredete. »Bitte verstehen Sie meinen Mann nicht falsch, Inspektor. Ich war fünfundvierzig und er fünfzig, als René und Anatol gekommen sind, Zwillinge. Wir haben wohl alles verkehrt gemacht. Mein Mann ist verbittert und zu alt, um Fehler einzugestehen. Wie geht es weiter?«

»Ich weiß es nicht, Frau Frieb.« Polt hatte schon die Gartentür in der Hand. »Aber rufen Sie mich an, wenn Sie glauben, daß ich etwas für Sie tun könnte.«

Auf der Dienststelle wurde der Gendarm von Aloisia Habesam erwartet.

»Gut, daß ich Sie noch erwische, Inspektor. Sie sind ja irgendwie zuständig für Fahrräder im Revier, nicht wahr?«

»Ist denn Ihres schon wieder weg, Frau Habesam?«

»Nein, das steht draußen, vor dem Wachzimmer. Hätten Sie eigentlich sehen können, mit Augen im Kopf.«

»Ja, aber dann ...«

»Denken Sie nicht unnötig nach, Inspektor, kommt wenig genug dabei heraus. Die Binder Gertrud aus der Brunndorfer Hintausgasse schläft schlecht, ihr Mann ist immer besoffen und kommt nicht nach Hause. So hat sie gestern nacht zufällig beobachtet, wie die Frieb-Brüder am Fahrrad der Lehrerin herumgetan haben. Steht ja immer vor ihrem Haus.«

»Und warum ist die Frau Binder nicht selbst zu uns gekommen?«

»Weil sie Angst hat. Aber es gibt ja auch noch Leute wie mich.«

»Wie auch immer. Jetzt sind die Brüder dran«, sagte Polt und fühlte sich gar nicht wohl dabei.

Die drei großen Geheimnisse

Simon Polt hatte Frau Binders Aussage überprüft, Anzeige gegen Anatol und René Frieb erstattet und den Vater darüber informiert, weil seine Söhne wieder einmal unterwegs waren. Jetzt saß er ein wenig verlegen seinem Dienststellenleiter gegenüber. Harald Mank betrachtete ihn nachdenklich. »Privater Kummer, wie? Aber die Karin Walter ist doch über den Berg.«

»Es geht um Czernohorsky, meinen Kater. Er ist heute den vierten Tag weg, einfach verschwunden. Das ist nicht seine Art, wirklich. Ein, zwei Tage vielleicht, und das nur hin und wieder.«

»Dein Czernohorsky ist jung, und es ist Frühling.«

»Er ist kastriert.«

»Wie peinlich für ihn, und wie hinderlich. Und du meinst,

wir sollen ihn sozusagen zur Fahndung ausschreiben? Weil wir nichts Besseres zu tun haben, als nach einem platonisch liebenden Kater zu suchen?«

»Ich dachte mir, so nebenbei ...«

»Ist doch klar. Ich sage unseren Leuten Bescheid und auch den Kollegen vom Grenzschutz und vorsichtshalber den Jägern. Wer weiß, vielleicht hat dein seltsamer Kater eine tschechische Freundin. Der erste wäre er damit bestimmt nicht im Wiesbachtal. Na ja. Jeder wie er meint. Irgend etwas Neues im Fall Breitwieser?«

»Leider nein. Ich habe mir schon überlegt, ob wir nicht den Redakteur unserer Lokalzeitung bitten sollten, einen Zeugenaufruf zu veröffentlichen.«

»Schaden kann es jedenfalls nicht. Übernimmst du die Sache?«

»Gern.« Polt stand auf und machte sich an die Arbeit. Gegen vier rief Karin Walter an. »Hallo, Simon. Du darfst raten, wo ich bin. Aber nur einmal.«

»Zu Hause?«

»Und wie. Eigentlich solltest du mich jetzt sehen. Doch leider sprechen Anstand und Sitte dagegen.«

»Warum denn das?«

»Weil ich mich vorhin im Spiegel bewundert habe, nackt, wie Gott mich schuf, und von einer teuflisch eindrucksvollen Farbenpracht. Es hat ja bisher noch keine Gelegenheit für mich gegeben zu sehen, was wirklich los ist. Zwischendurch ist mir dann eingefallen, daß ich doch schleunigst meinen Helden und Retter von der glücklichen Heimkehr informieren sollte.«

»Verkühl dich nicht!«

»Du hast Sorgen. Ein anderer Mann hätte jetzt kehlige Laute ausgestoßen und sich von den Kollegen an den Schreibtisch fesseln lassen.«

Simon Polt flüchtete sich in ein beredtes Schweigen. Er hätte viel für einen pointierten Einfall gegeben, aber im Augenblick tat ihm Karin ganz einfach leid. »Wie geht's dem Kopf?«

»Der ist wenigstens bekleidet, ganz in Weiß, wie du dir denken kannst, und er tut auch nicht mehr so weh. Außerdem kommt mein Magen schön langsam davon ab, das Essen postwendend zurückzuschicken.«

»Es war übrigens kein Unfall, Karin. Die Frieb-Brüder haben das Vorderrad gelockert.«

»Reizend. Was haben die gegen mich?«

»Gar nichts vermutlich. Die wollten mich empfindlich treffen, und das ist ihnen auch gelungen.«

»Man sollte sich eben nicht mit Gendarmen abgeben.«

»Du sagst es.«

»Sei kein Schwachkopf. Jetzt wird mir aber wirklich kalt. Rufst du mich an, heute abend? Herrenbesuche empfange ich nämlich erst wieder, wenn ich zumindest teilweise nicht mehr zum Fürchten bin.«

»Ich bin da nicht so empfindlich.«

»Ja, leider.« Karin legte auf.

Simon Polt schaute versonnen vor sich hin, dann schüttelte er ein verworrenes, doch recht reizvolles Gespinst aus Gedanken und Träumen ab und erledigte den Rest der Tagesarbeit. Nach Dienstschluß bestieg er sein Fahrrad, fuhr gemächlich Richtung Kellergasse, bog dann aber in einen Güterweg ein, der am Talboden nach Brunndorf führte. Nach ein paar hundert Metern bemerkte er einen verwachsenen Hohlweg, der sich nach Norden hin den Hang hochzog.

Polt lehnte sein Fahrrad gegen einen Apfelbaum und sperrte es ab. Die Sonne stand tief am Himmel, und es war fast schon sommerlich warm. An den Rändern des Hohlweges wuchsen allerlei Stauden, und die Kronen der Akazien bildeten ein Dach. Darunter war es schattig und ein wenig feucht. Polt stapfte durchs wuchernde Unkraut, wich Brennesseln aus und drückte Zweige beiseite, die über den Weg gewachsen waren. Weiter oben am Hang fand er sich dann im Sonnenlicht wieder. Hier gab es nur noch vereinzelte Büsche und Bäume, dazwischen war Mauerwerk zu sehen. Polt erkannte die aufgelassene Kellergasse, die ihm Karl Gapmayr neulich gezeigt hatte. Preßhäuser in den unterschiedlichsten Stadien des Verfalls säumten den Weg, dazwischen gab es Kellertüren unter schlichten Mauerbögen. Polt schaute sich um und war guter Dinge, umfangen von Sonnenwärme und Bienengesumm. Plötzlich hörte er ein Geräusch neben sich und dann eine Kinderstimme. »Haben Sie eine Bewilligung, Herr Inspektor Polt?«

Der Gendarm sah einen Buben, um die zehn Jahre alt. »Eine Bewilligung? Wofür?«

»Für den Aufenthalt im Niemandsland.«

»Niemandsland? Hier?«

»Ja. Niemand schert sich drum. Nur wir tun das.«

»Und wer ist *wir?*« Polt setzte sich ins Gras. Der Bub blieb stehen.

»Ich bin der Anführer. Und dann gibt es noch drei.«

»Ja, und diese Bewilligung… Könnte ich vielleicht eine bekommen? Mir gefällt es hier.«

»Da muß ich mit den anderen reden.« Der Bub musterte Polt schweigend, dann wollte er gehen.

Polt stand auf. »He, Klaus. Ich wollte dich noch was fragen.«

Der Bub war stehengeblieben. »Woher wissen Sie, wie ich heiße?«

»Gendarmen wissen alles.«

»Glaub ich nicht!«

»Na ja, da hast du auch wieder recht.«

Langsam gingen die zwei den Hohlweg hinunter. Als sie in die Schatten unter den Akazien tauchten, fragte Polt so nebenbei: »Kann es sein, daß ich euch unlängst am frühen Nachmittag gesehen habe, in der Nähe des Runhofs?«

»Natürlich kann das sein. Der Runhof steht unter Beobachtung.«

»Und warum?«

»Darf ich nicht sagen. Es ist ein Geheimnis. Aber kein großes.«

»Große Geheimnisse gibt es also auch?«

»Nicht viele. Nur drei.«

»Klingt aufregend.«

Klaus gab keine Antwort. Simon Polt machte kleine Schritte, um auf dem feuchten Boden nicht auszurutschen. »Ihr kennt wohl jeden geheimen Schlupfwinkel hier in der Gegend, nicht wahr?«

»Allerdings.«

»Auch die Höhle im Lößabsturz oberhalb der Burgheimer Kellergasse?«

Polt hatte noch nicht ausgeredet, als Klaus mit einem Sprung im Akaziengestrüpp verschwand und dann durch einen Weingarten davonlief.

Der Gendarm ging zu seinem Fahrrad zurück und fuhr zum Hof des Höllenbauern. Zu Hause angekommen, leerte er resignierend Czernohorskys unbenutzten Futternapf aus und füllte ihn neu. Dann dachte er über Klaus nach. Die Viererbande kannte also die Lößhöhle, das war ja zu vermuten gewesen. Und daß der Klaus davongerannt war, konnte vieles bedeuten.

Der Abend war noch immer angenehm lau. Polt beschloß, seinen kleinen Griller anzuheizen, den er aus Ziegeln und Altmetall gebaut hatte. Es waren noch einige dieser winzigen Nürnberger Bratwürste im Kühlschrank, und die mußten weg, ganz abgesehen davon, daß sie ihm schmeckten. Polt genierte sich ein wenig dafür, denn Frau Habesams Universalkaufhaus führte derlei ausländischen Schnickschnack natürlich nicht. Da mußte man sich schon in den neuen Supermarkt am Ortsrand von Burgheim bemühen. Aber Polt war eben ein neugieriger Mensch, und der Gedanke, nach dem Genuß von zwölf Würsten noch immer nicht satt zu sein, hatte ihn auch gereizt.

Es war windstill. Polt entflammte zwei Würfel Trokkenspiritus, häufte eine kleine Holzkohlenpyramide darauf, schaute den Flammen zu und wartete. Still war es hier im hinteren Teil des langgestreckten Höllenbauerhofs. In den Gärten der protzigen neuen Siedlungshäuser war man nie allein, und es gab auch jede Menge Streit zwischen Nachbarn. Polt ging in die Küche und holte einen alten gläsernen Bierkrug hervor. Den hatte er vor Jahren dem Stelzer in

Brunndorf abgebettelt. Seine Finger strichen über den dikken Glasrand, in vielen Jahrzehnten abgerundet von durstigen Mündern. Er öffnete eine Bierflasche, freute sich über den frischen Geruch von Malz und Hopfen, goß den Krug voll und gönnte sich noch im Stehen einen kräftigen Schluck. Dann saß er trinkend neben der glimmenden Holzkohle, bis sie von Asche bedeckt war. Er zog die Glut auseinander und legte den Grillrost darüber. Wenig später würzte ein höchst appetitanregender Geruch die Abendluft. Polt legte Senf und Brot bereit, und als er eben beginnen wollte zu essen, hörte er Stimmen. Die zwei Höllenbauertöchter, vier und sechs Jahre alt, kamen neugierig näher. »Wursti!« sagte Anna, die jüngere, und wollte zugreifen.

»Vorsicht, du verbrennst dir die Finger! Wie viele magst du denn?«

»Viel«, sagte Anna. »Und ich fünf«, ergänzte ihre Schwester Sophie.

Polt servierte. Nach kurzer Zeit sagte Anna »mehr«, Sophie »ich auch«, und damit war der Grillrost leergegessen. Die beiden Kinder entfernten sich froh und gesättigt, und Simon Polt durchsuchte den Kühlschrank nach geeignetem Grillgut, als ihn das Telefon störte.

»Ja? Polt?«

Sein Kollege Ernst Holzer war am Apparat. »Der alte Herr Breitwieser ist zu Fuß vom Runhof in die Dienststelle gekommen. Seit heute mittag vermißt er seine Frau. Ich meine, du kennst ihn am besten. Macht es dir viel aus, dich mit ihm umzuschauen?«

»Natürlich nicht.« Ohne sich umzuziehen, ging Polt zur Wachstube.

Breitwieser schaute gebrechlicher aus als noch vor wenigen Tagen. »Guten Abend, Herr Inspektor. Sehr freundlich von Ihnen.«

Der Gendarm hatte schon einen Autoschlüssel vom Haken genommen. »Kommen Sie bitte, Herr Breitwieser. Verlieren wir keine Zeit.«

Polt drehte den Schlüssel im Zündschloß und ließ den Dieselmotor vorglühen. »Wohin?«

»Wenn ich das wüßte.« Breitwieser starrte in die dichte Dämmerung. »Sie wollte nach Brunndorf gehen, um einzukaufen. Diesem Weg bin ich zu Fuß gefolgt und habe nichts gesehen.«

»Noch irgendeine Vermutung?«

»Selten, aber doch, hat sie mich bei meinem üblichen Spaziergang begleitet. Dieser Weg war ihr also vertraut. Den einen Teil bin ich soeben gegangen.«

»Und weiter?«

»Die Burgheimer Kellergasse hoch bis zur Grenze und dann nach Osten.«

Schweigend fuhr Polt los. In der Kellergasse gaben Straßenleuchten Licht, da und dort stand ein Auto, ein Moped oder ein Fahrrad vor einem Preßhaus. Mit dem Ende der Kellergasse wurde es übergangslos dunkel. Simon Polt reichte Breitwieser eine Stablampe. Die langsame Fahrt dauerte etwa eine Viertelstunde, und die beiden Männer hielten vergeblich Umschau. Dann näherten sie sich dem Runhof.

»Licht! Da ist Licht!« Breitwiesers Stimme zitterte. Im offenen Hoftor standen seine Frau und Fritz Brenner. Der alte Mann konnte vor Aufregung die Autotür nicht öffnen,

Polt half ihm und beobachtete, wie er mit großen Schritten auf den Hof zuging. »Andrea! Was war mit dir?«

»Ich weiß es nicht, muß wohl verwirrt gewesen sein. Aber ich habe dann doch zurückgefunden.« Langsam trat sie aus der matten Helligkeit der Türleuchte ins Dunkel des Innenhofs. Ihr Mann und Fritz Brenner folgten.

Sonntagsbesuch

Sonntagmorgen, kein Dienst, und Karin Walter war zur Besichtigung freigegeben. Polt konnte sich nichts Besseres wünschen, nur Czernohorsky trübte seine Laune. Seit über einer Woche war der Kater schon verschwunden, und auch die Suche nach ihm hatte bisher nichts ergeben. Dennoch füllte Polt den Napf mit frischem Futter, bevor er sich auf den Weg nach Brunndorf machte. Erstaunt sah er Karins Fahrrad, tadellos repariert, an der Hausmauer lehnen. Dabei bemerkte er nicht, daß die Lehrerin schon in der offenen Tür stand und ihn beobachtete. »Wenn du jetzt ›tapfere kleine Frau‹ zu mir sagst, ist es aus zwischen uns, für immer und ewig.«

»Dabei hat es noch gar nicht richtig angefangen.« Polt wunderte sich insgeheim über seine Antwort und folgte Karin ins Haus. »Laß sehen!« Die Lehrerin schaute recht munter in die Welt, auch wenn ihr Gesicht noch Spuren des Unfalls zeigte. Vorsichtig tastete sie nach der Wunde am Hinterkopf. »Nächste Woche kommen hoffentlich die Nähte heraus, und dann wachsen wohl auch irgendwann die Haare nach. Richtig mönchisch komm ich mir vor mit meiner Tonsur. Und demnächst werde ich auch wieder meinen lieben Kindern vor die Augen treten müssen.«

»Für die bist du ohnedies die große Heldin, schwer verletzt durch Heimtücke und Schurkerei, doch unverdrossen bereit, dem Leben die Stirn zu bieten.«

»Mir genügt der Hinterkopf. Was ist jetzt mit diesen sauberen Brüdern, Anatol und René?«

»Die wissen von der Anzeige, ziehen wie eh und je saufend durch die Gegend und sind vermutlich nicht sehr gut auf mich zu sprechen.«

»Vorsichtig sein, Simon, ja?«

»Schon im eigenen Interesse. Übrigens: In der verlassenen Kellergasse habe ich den Klaus Wieser getroffen.«

»Tatsächlich! Und?«

»Ich mag ihn eigentlich. Ob er mich mag, steht noch nicht fest.«

»Was habt ihr miteinander geredet?«

»Er hat mir von seiner Bande erzählt und daß sie aus geheimnisvollen Gründen den Runhof ›unter Beobachtung‹ gestellt haben.«

»Alles ist bei denen ein Geheimnis. Und weiter?«

»Als ich ihn gefragt habe, ob er die Höhle im Lößabsturz kennt, ist er davongelaufen.«

»Das höre ich weniger gern. Aber es sagt nicht viel.«

»Ganz meine Meinung.«

»Hast du Pläne, was die vier Helden angeht?«

»Eigentlich nicht. Der Klaus ist kein Feigling und schon gar nicht auf den Kopf gefallen… Tut mir leid, ich wollte dich nicht an deinen Unfall erinnern. Ich könnte mir denken, daß der Klaus von sich aus etwas unternimmt.«

»Ja, jetzt vielleicht noch. Treib ihn nur nicht in die Enge, Simon.«

»So lange es sich vermeiden läßt.«

»Ich hätte gerne eine andere Antwort gehört, aber das ist wohl zuviel verlangt. Magst du irgendwas trinken?«

»Kaffee, wenn du das schaffst.«

»Dein Vertrauen in meine Kochkünste ist nicht gerade grenzenlos.«

»Ich habe mehr an deine momentane Schwäche gedacht.«

»Ah ja, so richtig hinfällig und hilflos. Und du nützt eine solche Situation natürlich nicht aus.«

»Wie könnte ich!«

Karin seufzte. »Na gut, dann eben Kaffee. Was hast du eigentlich noch vor, heute?«

»Nicht viel. Vielleicht schau ich bei Frau Hahn vorbei. Die ist ja umgezogen, vor einiger Zeit. Ich wüßte gerne, wie es ihr so geht.«

»Seit ihr Mann, dieses Scheusal, verdienstvollerweise ins Jenseits befördert wurde, kann's ihr nur besser gehen.«

»Anzunehmen.« Simon Polt rückte an Karin heran und nahm ihren Kopf ganz vorsichtig in beide Hände. »Komm du nur rasch wieder auf die Beine.«

»Bin schon dabei.« Sie umfaßte seine Handgelenke und stand schwungvoll auf.

»Spiel mir nichts vor«, brummte Polt.

Frau Hahn hatte reichlich geerbt und noch dazu alles verkauft, was sie an ihren Mann erinnerte. Sie war in ein altes, ruhig gelegenes Bauernhaus gezogen. Wenigstens von außen gesehen war nichts daran erneuert worden, nur behutsam ausgebessert. Ein altmodisches Fahrrad lehnte an der Hausmauer. Polt lehnte seins dazu und klopfte an die Tür. Er brauchte nicht lange warten. Frau Hahn öffnete und warf einen Blick auf die zwei schwarzen Fahrräder. »Die mögen einander irgendwie, was? Inspektor Polt! Herein mit Ihnen.«

Er folgte ihr. »Das klingt schon anders als vor zwei Jahren, als ich mit einer Todesnachricht vor der Tür stand, nicht wahr, Frau Hahn?«

»Wem sagen Sie das. Aber in meiner Küche waren Sie schon damals willkommen.«

Simon Polt kam aus dem Staunen nicht heraus. Frau Hahn wohnte so, wie er es sich immer erträumt hätte. Schöne alte Sachen, aber keine protzigen Antiquitäten, aufgeräumte Behaglichkeit, doch keine museale Ordnung. Alles war da, mit dem es Freude machte zu wohnen, und nichts war zuviel. Simon Polt setzte sich an den Küchentisch, roch feinen Bratenduft, den er nicht recht einordnen konnte, und beobachtete Frau Hahn, die zwei Gläser aus der Kredenz nahm und eine Flasche Wein aus dem Kühlschrank. »Wenigstens mit einem Schluck müssen wir unser unverhofftes Wiedersehen begießen. Das Saufen habe ich übrigens aufgegeben. Jetzt ziehe ich die Qualität der Quantität vor. Geld spielt ja kaum eine Rolle.« Sie öffnete die Flasche behutsam und schnupperte am Korken. »Ein 92er Riesling vom Höllenbauer. Dürfte Ihnen ja bekannt vorkommen.« Sie füllte die Gläser halb. »Prost auf unser singuläres Glück!«

Simon Polt versuchte Ordnung in seine Gedanken zu

bringen. »Warum sind Sie damals eigentlich in Burgheim geblieben, nach all den schrecklichen Ereignissen?«

Polt hörte jenes kleine, boshafte Lachen, das ihm so unverständlich war wie damals, als er ihr die Nachricht vom Tod ihres Mannes überbringen hatte müssen. Frau Hahn nippte an ihrem Glas. »In Wien wäre ich als lustige Witwe bestenfalls eine komische Figur, Herr Inspektor. Aber hier draußen falle ich wenigstens auf. Sogar das *Illustrierte Heimatblatt* hat schon über mich berichtet. Leider mit viel zu züchtigen Fotos.«

Frau Hahn hatte sich eine neue Frisur zugelegt, und die häßliche Kittelschürze, die sie früher tagaus, tagein getragen hatte, war wohl bei den Putzfetzen gelandet. Die zierliche Frau war einfach angezogen, doch die Sachen schmeichelten ihr, und sogar Simon Polt, der von Mode überhaupt nichts verstand, erkannte, daß sie ausgesuchte und entsprechend teure Qualität am Leibe trug. Er bemerkte auch erstaunt, daß sich unter ihrem dünnen Pullover zwei kleine, muntere Brüste bewegten. Frau Hahn hatte seinen Blick wohl gespürt und lächelte flüchtig.

Nur nicht rot werden, dachte Polt. »Was ist eigentlich mit diesem mörderischen Angeber Swoboda los? Haben Sie noch Kontakt mit ihm?«

»Aber freilich. Er ist zwar auch im Gefängnis der alte Windbeutel geblieben, aber etwas Selbstironie macht ihn neuerdings erträglich. In zwei Jahren, schätze ich, wird der Florian wieder ein freier Mann sein, und ich werde schon dafür sorgen, daß er und seine Frau irgendwie durchkommen.«

»Bibsi? Wie geht's denn der?«

»Recht gut. Sie ist von Wien nach Burgheim gezogen und hilft mir sozusagen als Wirtschafterin. Wir sind richtige Freundinnen geworden. Ein ideales Paar, sie dick und ich dünn. Wenn man uns beide zusammenzählt und dann halbiert, haben wir fast schon das Idealgewicht.«

»Und was ist aus Swobodas Preßhaus geworden?«

»Das habe ich dem Florian abgekauft, zu einem kräftig überhöhten Preis, er kann's ja wirklich brauchen. Der geschmacklose Krempel ist natürlich hinausgeflogen. Jetzt hat das Preßhaus sein Gesicht wieder, mit altem bäuerlichen Gerät und schön-schäbigen Möbeln.«

»Und wo findet man so etwas heutzutage noch?« fragte Polt nicht ohne Neid.

»Ich habe nicht lange suchen müssen. Geld, wissen Sie? Ordentlich viel Geld. Da wird manches möglich.«

»Aber nicht alles.«

»Ich bin mir da nicht so sicher. Aber ich zeige Ihnen gerne bei Gelegenheit das Prunkstück, es sei denn, Sie fürchten sich vor den Annäherungsversuchen einer unersättlichen Witwe.«

»Wir werden sehen.«

»Und was macht der Beruf, mein lieber Herr Gendarm? Der tödliche Zusammenstoß von dem alten Breitwieser und dem Rudi Riebl ist ja nicht ganz astrein, wie?«

»Nein, bestimmt nicht. Aber das ist nicht mein größter Kummer. Der Willi ist tot.«

»Willi? Und wie noch?«

»Das weiß keiner. Er war elternlos und ist bei Frau Raab aufgewachsen. Ein geistig Behinderter, wir waren aber irgendwie befreundet miteinander.«

»Das sagen Sie so einfach! Kann das funktionieren?«

»O ja.«

Frau Hahn berührte Polts rechten Handrücken. »Hat weh getan, wie? Möchten Sie erzählen?«

Polt erzählte. Frau Hahn hörte schweigend zu. »Und jetzt fragen sich alle in der Gegend, ob der Simon Polt selbst eine Schraube locker hat, weil er wegen eines armen Depperls so ein Theater macht.«

»So ungefähr. Nur bei der Karin Walter liegen die Dinge anders.«

»Natürlich. Die muß diesen Willi ja schon Ihretwegen mögen.«

»Versteh ich nicht.«

»Ist auch nicht nötig. Und niemand weiß, wer die Eltern sind? Sonst wissen die im Dorf doch immer alles.«

»Vielleicht wäre das herauszukriegen. Aber ich suche ja keine Eltern, sondern einen Täter oder eine Täterin.«

»Auch wieder wahr. Andererseits: Mein liebenswerter Mann hätte mit einem behinderten Kind kurzen Prozeß gemacht, wie auch immer. Ganz abgesehen davon, daß es nicht von ihm gewesen wäre.« Sie lachte leise. »Ich habe übrigens eine Lammkeule im Rohr. Von einem Biobauern hier in der Gegend. Mit Thymian, Knoblauch und Rosmarin in Olivenöl geschmort. Essen Sie mit? Dann brauchen die Bibsi und ich nicht so viel davon einzufrieren.«

Polt überlegte. »Ja, gerne, warum nicht«, sagte er dann.

»Dazu darf's ausnahmsweise ein Fremdling sein? Ein Bordeaux, Château Ausone. Noch dazu 1995, feiner geht's nicht.«

Eine gute Stunde später lehnte sich Simon Polt selig betäubt zurück und gestand sich ein, noch nie in seinem Leben so gut gegessen zu haben.

Frau Hahn lächelte. »War's recht?«

»Ich bin ziemlich überwältigt.«

»Das tröstet eine einsame Witwe. Besuchen Sie mich bald wieder?«

»Wenn ich darf?«

»Sie müssen.«

»Dann wird mir wohl nichts anderes übrigbleiben. Auf Wiedersehen also und vielen Dank noch!« Polt setzte sich aufs Fahrrad und fuhr ziellos seiner Wege. Irgendwann fand er sich vor dem Lößabsturz wieder, ging zur *Riede todter Hengst* hinauf und suchte die Stelle, wo er Willi angetroffen hatte. »Da bist du gesessen«, murmelte er, »und dann ist etwas passiert. Vor Tieren hast du dich nicht gefürchtet. Menschen haben dich höchstens verwirrt, oder auch einmal erschreckt. Aber du hast glücklich dreingeschaut, als ich dich unten im Gras liegen gesehen habe. Warst du wirklich gleich tot? Bringt man es fertig, sich über etwas zu freuen, nach so einem fürchterlichen Sturz? Na ja, du vielleicht schon. Sag, worüber könntest dich gefreut haben, oder über wen?«

Polt hatte viel gegessen, und er spürte den Rotwein. Er gähnte, legte sich in die Wiese und schlief ein. Spät am Nachmittag erwachte er, rieb sich die Augen, ging zu seinem Fahrrad hinunter und fuhr nach Hause.

Kein Czernohorsky, der Napf war voll wie jeden Tag. Ein Kater ist kein Mensch, dachte Polt, aber schlimm wär's schon zu wissen, daß er tot ist. Dann aß er eine Kleinigkeit, knipste das Licht aus, setzte sich zum offenen Küchenfenster und schaute in den Abend hinaus, der allmählich zur Nacht wurde. Er schlief nicht ein, er war nicht wach, und mit der Zeit machten sich seine Gedanken selbständig. Wie Fledermäuse flatterten sie durchs dunkle Zimmer, scheinbar ziellos, doch stets auf der Jagd nach Beute.

Räuber und Gendarm

Nach einem Nachtdienst und ein paar Stunden unruhigem Schlaf am Vormittag fühlte sich Polt müde und zerschlagen. Es hatte einen schweren Verkehrsunfall gegeben. Ein Auto war gegen drei Uhr früh gegen einen Baum geprallt. Zwei Mädchen und ein junger Mann waren tot, der Lenker lag schwerverletzt im Breitenfelder Krankenhaus. Die Blutabnahme hatte 1,5 Promille Alkohol ergeben. Polt kannte den Unglücksfahrer flüchtig. Nach dem Bundesheer war er in der Burgheimer Konservenfabrik beschäftigt gewesen, die aber bald geschlossen wurde. Seitdem war er arbeitslos. Hin und wieder hatte ihn Polt als Pfuscher bei Baustellen gesehen und rasch weggeschaut.

Mit einem scheuen Blick auf Czernohorskys unberührten Futternapf verließ der Gendarm seine Wohnung und begab sich zum Kirchenwirt. Er aß eine Kleinigkeit, obwohl er nicht hungrig war, ging zurück nach Hause und las in der Tageszeitung, weil ihm nichts Besseres einfiel. Dann schrillte das Telefon. Polt hätte viel für ein schönes altmodisches Klingeln gegeben, aber damit war es vorbei.

»Ja, Polt?«

»Ich bin's, Franz Heindl. Unser Anführer, der Klaus, läßt sagen, daß Sie um drei im Niemandsland sein sollen. Wegen der Bewilligung, Sie wissen schon.«

»Um drei? Das geht. Sonst noch was?«

»Ja. Sie müssen allein kommen. Und unbewaffnet.«

»In Ordnung.«

Polt schaute auf die Uhr. Es blieb noch ein wenig Zeit. Er überlegte. Die vier ließen ihn also mitspielen. Und warum? Weil sie dann die Spielregeln bestimmen konnten, alles klar.

Pünktlich um drei war er in der verlassenen Kellergasse. Er wurde von zwei Buben erwartet, die er nicht kannte. Der etwas kleinere ergriff das Wort. »Grüß Gott, Herr Inspektor Polt. Ich habe mit Ihnen telefoniert. Mein Freund hier ist der Öller Robert.« Ernst fügte er hinzu: »Wir müssen Ihnen leider die Augen verbinden.«

»Was sein muß, muß sein.« Simon Polt setzte sich ins Gras, um es den beiden leichter zu machen. Dann stand er ein wenig unsicher auf und spürte eine kräftige kleine Hand in der seinen. Ein paarmal wurde er im Kreis geführt, dann ging es bergauf, durch dichtes Buschwerk, und endlich blieben sie stehen.

»Wir sind da.« Polt erkannte die Stimme von Franz Heindl. »Vor Ihnen ist eine Strickleiter. Sie schaffen das schon, es geht nicht sehr hoch hinauf.«

Simon Polt tat sein Bestes, und nachdem er vielleicht zwei Meter hochgeklettert war, spürte er Hände, die ihm nach oben halfen. Er kam auf Brettern zu sitzen. »Ihr könnt ihm die Augenbinde abnehmen«, hörte er Klaus Wieser sagen. Der Gendarm war nicht wirklich erstaunt, sich in einem Baumhaus wiederzufinden. Der Holzverschlag war recht geräumig, und Polt brauchte nicht gebückt zu sitzen. »Nicht schlecht hier, alle Achtung.«

»Die Wolkenburg. Das zweite große Geheimnis.« Die Stimme von Klaus Wieser klang feierlich.

»Und wie komme ich zu der Ehre?«

»Gäste in der Wolkenburg fragen nicht. Sie werden gefragt.«

»Strenge Sitten, also bitte, ich höre.«

»Was wissen Sie von der Höhle unter dem Lößabsturz, Herr Inspektor Polt?«

»Nicht viel. Ich habe sie zufallig entdeckt, als ich mir die Wiese näher angeschaut habe, ihr wißt ja, die traurige Sache mit dem Willi.«

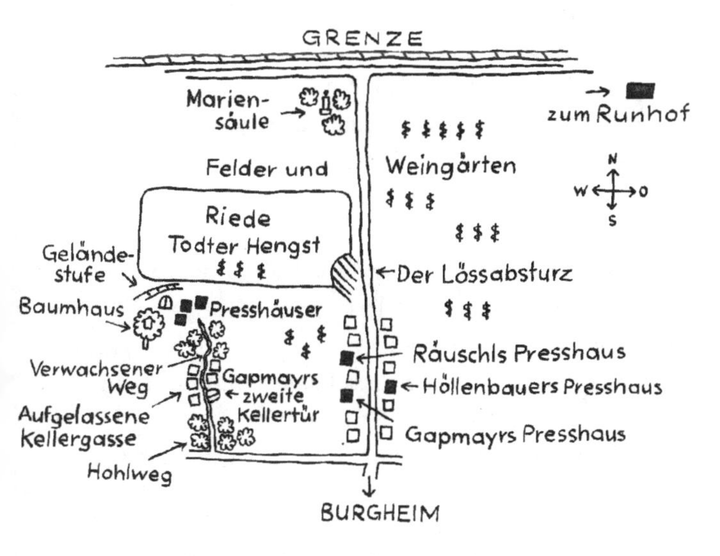

Detailskizze Burgheimer Kellergasse und Umgebung

Die vier tauschten rasche Blicke aus, dann fragte ihr Anführer betont ruhig: »Waren Sie drin in der Höhle, Herr Inspektor?«

»Nein. Wäre auch nicht ganz ungefährlich gewesen, bei dem lockeren Material darüber.«

»Und warum haben Sie mich dann neulich gerade nach dieser Höhle gefragt?«

»Also, unter uns gesagt, es war kein reiner Zufall. Ich weiß bis heute nicht, wie der Unfall mit dem Willi wirklich passiert ist. Darum suche ich Leute, die etwas gesehen haben könnten.«

»Diese Gegend steht nicht unter Beobachtung«, gab Klaus kühl Auskunft. Dann senkte er die Stimme. »Aber die Höhle gehörte zu unserem dritten großen Geheimnis.«

»Gehörte?«

»Wir haben es natürlich verlagern müssen.«

»Natürlich. Schade, daß ihr mir nicht helfen könnt. Übrigens bin ich schon gespannt darauf, wo ich das Fahrrad von der Frau Habesam nächstens finden werde.« Schweigen ringsum. »War ja auch eine Gemeinheit damals, das mit dem Hausverbot.«

Die vier waren blaß geworden. »Was wissen Sie, Herr Inspektor?« fragte Klaus leise.

»Mehr, als mir lieb ist.«

»Und wenn Sie das Fahrrad ganz bestimmt nicht mehr suchen müssen? Großes Ehrenwort?«

»Dann seid ihr mir nur noch einen kleinen Gefallen schuldig.«

»Welchen Gefallen?«

»Ich möchte wissen, ob ihr mit dem Willi etwas zu tun

hattet. Ich denke an nichts Schlimmes. Aber es hat einen doch reizen können, ihn ein bißchen aufzuziehen, tolpatschig wie er war.«

Klaus schaute in die Runde, dann schaute er an Polts Kopf vorbei auf ein kleines Fenster in der Bretterwand. »Gekannt haben wir den Willi schon. Aber wir haben ihm nichts getan, nicht wirklich.«

Polt schaute gleichmütig drein. »Also höchstens einmal sein komisches Gesicht nachgemacht oder mit dem Ball nach ihm geworfen.«

»Ja, in der Art.«

»Ich erzähle euch was. An dem Tag, als die Sache mit Willi passiert ist, habe ich ihn gegen zwei Uhr auf der Wiese oben *am todten Hengst* angetroffen. Ich war besorgt, daß er, gedankenverloren wie er manchmal war, dem Lößabsturz zu nahe kommen könnte. Aber er hat mir versprochen aufzupassen. Ich kann es mir nicht erklären, warum es trotzdem passiert ist.«

Klaus schaute jetzt Polt wie hypnotisiert ins Gesicht. »Er wird erschrocken sein.«

»Ja, denke ich auch.« Die Spannung im Gesicht Klaus Wiesers löste sich ein wenig. »Und das Fahrrad von Frau Habesam, Herr Inspektor?«

Polt streckte sich, es war ja doch ein wenig eng in der Hütte. »Welches Fahrrad? Aber ganz abgesehen davon: Warum ihr den Runhof beobachtet, würde ich schon noch gerne erfahren. Wo es doch ohnehin kein besonders großes Geheimnis ist.«

Klaus warf den anderen einen kurzen Blick zu. »Also gut, Sie sollen es wissen, Herr Inspektor. Wir sind hinter diesem seltsamen Knecht her, der fast immer im Stall ist und nie den Hof verläßt. Warum zeigt er sich nicht? Vielleicht wird er gefangengehalten? Oder er hat was angestellt und muß sich verstecken.«

Polt dachte kurz nach. »Recht interessante Vermutungen, aber sie gehen wahrscheinlich in die falsche Richtung. Ich habe kurz mit dem Mann geredet. Ein eigenartiger Mensch ist er schon. Aber er steht nicht unter Druck, und Angst hat er auch nicht. Fritz Brenner ist übrigens sein Name. – So. Jetzt muß ich aber gehen. Was ist mit der Augenbinde?«

Klaus grinste. »Nicht mehr notwendig. Irgendwie gehören Sie jetzt zu uns, Herr Inspektor.«

Zuhause angekommen, rief Polt gleich Karin Walter an. »Du, Karin, die vier haben mich sozusagen vorgeladen. In ein Baumhaus in der verlassenen Kellergasse.«

»Wie ist es gelaufen?«

»Ich weiß nicht. Dieser Klaus macht es mir nicht gerade leicht. Sogar als ich ihn mit dem Fahrrad der Frau Habesam ein wenig nervös gemacht habe, hat er zum Thema Willi nicht mehr gesagt, als ohnehin zu vermuten war.«

»Nervös gemacht? Du hast den Klaus massiv unter Druck gesetzt! Erpressung nenne ich das.«

»Also gut, ich gestehe.«

»Das ändert nichts, Simon. Ich kenne den Klaus. Nach außen hin spielt er seine Rolle weiter. Aber dem geht es derzeit ganz schlecht, sage ich dir.«

»Warum eigentlich, wenn die vier gar nicht am Tatort waren?«

»Ich will dich nicht auf noch blödere Ideen bringen, aber bist du da wirklich ganz sicher?«

»Nein. Ich werde noch einmal mit dem Gapmayr reden müssen.«

»Na gut, der ist schon eher ein geeignetes Objekt für polizeiliche Heimtücke.«

»Abgesehen davon. Wie geht's dir so?«

»Nicht besonders, Simon. Und frag mich nicht, wer oder was daran schuld ist.«

Bedrückt legte Polt den Hörer aufs Telefon. Er fühlte sich nicht wohl in seiner Haut, und die Stille, die er sonst so mochte, war ihm lästig. Er wollte aber auch nicht ins Wirtshaus gehen, wo man ihm ja doch nur Fragen stellen würde, auf die er keine Antwort wußte. Der Höllenbauer war nicht zu Hause, also war es gut möglich, ihn im Weinkeller anzutreffen.

Es dämmerte schon, als Simon Polt sein Fahrrad vor das Hoftor schob, den Dynamo umklappte und losfuhr. Das Preßhaus des Höllenbauern lag etwa in halber Höhe der Kellergasse. Enttäuscht stellte Polt fest, daß die Tür verschlossen war. Blieb noch Sepp Räuschl oder ein anderer Weinbauer, den er kannte. Der Gendarm schob sein Fahrrad neben sich her und sagte sich, daß er zur ungünstigsten Zeit gekommen war. Jetzt saßen alle beim Abendessen. Erst später würde vielleicht der eine oder andere Lust darauf verspüren, in die Kellergasse zu fahren, weil das Fernsehprogramm wieder einmal nichts taugte. Polt erschrak, als er plötzlich Anatol und René zwischen zwei Preßhäusern hervortreten sah.

»So ein Zufall«, sagte Anatol und grinste.

»So ein urgeiler Zufall«, sagte René und gab Polt einen heftigen Faustschlag ins Gesicht. Der Gendarm wich ein paar unsichere Schritte zurück, und als er sich wehren wollte, umklammerte ihn Anatol von hinten. Polt nahm noch wahr, daß die zwei nach altem Schweiß stanken, dann traf ihn ein betäubender Schlag in den Bauch, und der folgende Kinnhaken riß ihn von den Beinen. Anatol stellte ihm einen seiner Springerstiefel auf die Brust. »Tritt ihm in die Eier, René. Das mag er bestimmt.«

Polt dachte kurioserweise einen Augenblick an Karin. Dann schoß ihm heiße Wut in den Kopf. Er bekam Anatol am Bein zu fassen, brachte ihn zu Fall, sprang auf und drosch auf René ein. Kurzfristig gewann Polt an Boden, doch dann spürte er einen von hinten geführten Handkantenschlag und sackte zusammen. »Arschkind«, hörte er eine Stimme, irgendwo in den kreisenden Nebeln über sich, »jetzt machen wir dich fertig. Aber so richtig.«

Polt hörte aber auch etwas anderes, nämlich das Geräusch von Motorrädern. Mühsam wandte er den Kopf und sah Mike Hackls Bande herankommen. Am erstaunlichsten aber war, daß Mike Hackl den Sepp Räuschl auf dem Rücksitz hatte. Anatol und René waren verwirrt und ließen erst einmal von Polt ab. Nicht Mike Hackl, sondern einer, den sie Bernie nannten, kam als erster heran. Ein bärenstarker, gefährlich jähzorniger Bursche, wie der Gendarm aus eigener schmerzlicher Erfahrung wußte. Bernie schaute Polt fragend in die Augen, der Gendarm nickte und beschloß, daß er für die nächsten paar Minuten besser bewußtlos sein sollte.

Als er keine Kampfgeräusche mehr hörte, kam er ohne

Umschweife zu Sinnen. Anatol und René saßen ziemlich verbeult an einer Preßhausmauer auf dem Boden. Bernie half Simon Polt auf die Beine. »Ausnahmsweise recht so?« Er grinste.

»Ausnahmsweise. Und schönen Dank auch.« Polt schaute erstaunt zu Sepp Räuschl hinüber, der zwischen den Motorrädern stand, als wäre er täglich mit martialisch in schwarzes Leder gekleideten Rockern unterwegs. Dann trat er näher. »Ich war gerade auf dem Weg in mein Preßhaus, Inspektor, da habe ich gesehen, wie Sie überfallen wurden. Also kehrtgemacht und schnell zur Gendarmerie. Doch zwischendurch sind mir die da untergekommen.« Er lächelte entschuldigend.

Inzwischen waren Anatol und René wieder bei Bewußtsein, bewegten sich aber nicht und schauten ängstlich zu Bernie hoch.

Sepp Räuschl blickte animiert und zufrieden in die Runde. »Gehn wir zu mir was trinken?«

Bernie betrachtete seine beiden Gegner. »Und was ist mit denen?«

»Die kommen mit«, sagte Polt. »Könnt ihr gehen, ihr zwei?«

Die Brüder nickten.

In Räuschls Preßhaus war nicht viel Platz. Polt bekam den bequemsten Sessel zugewiesen, Anatol und René saßen apathisch auf einer kleinen Bank, Mike Hackl hockte mit ein paar anderen auf einem umgedrehten Holzbottich, die übrigen standen, und Sepp Räuschl war in den Keller gegangen, um Wein zu holen.

Alle bekamen ein Glas, auch die zwei Brüder.

»Schmeckt besser so als aus der Flasche«, sagte Polt zu ihnen.

René grinste schief und drehte das kleine Kostglas verlegen in der Hand. »Auf den Geschmack waren wir noch nie aus. Uns geht's um die Wirkung.«

»Mir manchmal auch«, gab Polt zu, »aber nicht so oft. Und jetzt einmal im Ernst. Bringen wir es hinter uns, unter Männern. Mein Fahrrad und das der Lehrerin – eure Schuld?«

»Ja, schon«, sagte René, und sein Bruder schaute ins Leere.

»Verdammt noch einmal. Eigentlich hat der Bernie viel zu früh damit aufgehört, euch zu verprügeln. Und was wißt ihr über die Sache mit dem Willi?«

»Nicht viel, ehrlich.« Diesmal redete Anatol. »Wir haben ihn liegen gesehen, als wir uns in der Wiese einen Rausch ausschlafen wollten.«

»Wann war das?«

»Keine Ahnung. Nachmittag.«

»Und weiter?«

»Wir sind erschrocken und haben die Fliege gemacht.«

»Hat der Willi noch gelebt?«

»Was weiß ich. Hat aber ziemlich tot ausgeschaut.«

»War sonst noch irgend jemand in der Nähe?«

»Der irre Typ, der neulich mit seinem Moped abgekratzt ist, war in der Kellergasse unterwegs. War er ja immer.«

Sepp Räuschl schenkte nach, auch den Brüdern, die Mike Hackl und seine Bande nachdenklich musterten. Dann schaute Anatol in Polts verschwollenes Gesicht. »Deine Freunde?«

»Ja, schon. Manchmal krachen wir aber auch ganz schön zusammen. Und ihr zwei? Muß ja öd sein für euch bei uns auf dem Land.«

Die Brüder nickten gleichzeitig. »Uröd. Aber wir leben satt und voll bei unseren Alten, die haben's ja.«

Polt nickte nachdenklich. »Trotzdem Scheiße, irgendwie, nicht wahr?«

»Du sagst es, Dicker.« Anatol spuckte aus. Dann schaute er zur Tür, weil er ein Geräusch gehört hatte.

Ernst Höllenbauer kam vorsichtig herein, schaute in die Runde, schaute noch einmal und sagte dann entgeistert: »Das glaubt mir niemand, wenn ich es erzähle.«

Polt war verhältnismäßig guter Dinge. »Such dir ein Glas. Und wenn du nicht randalierst, bekommst auch was zu trinken.«

Es war einmal

Die seltsam einträchtige Runde in Räuschls Preßhaus war noch ziemlich lange geblieben. Heimgekehrt, schluckte Polt drei Aspirin und konnte dann sogar ganz leidlich schlafen. Am folgenden Morgen hatte er allerdings arge Schmerzen und kam nur mit Mühe aus dem Bett. Aus dem Badezimmerspiegel schaute ihm das Gesicht eines traurigen Clowns entgegen. Der Gendarm verbrauchte sehr viel kaltes Wasser, bis er sich wieder so halbwegs frisch fühlte. Dann zog er sich vorsichtig an. Plötzlich glaubte er, ein leises Maunzen zu hören. Steifbeinig ging er zur Tür und sah Czernohorsky vor sich liegen. Der Kater war erschreckend mager, atmete flach und leckte eine gefährlich aussehende Wunde auf seinem Bauch. »Du alter Depp«, murmelte Polt, rannte, so gut es ging, zum Telefon und wählte die Nummer des Burgheimer Tierarztes. »Bin ich froh, daß Sie da sind, Herr Doktor. Kann ich gleich kommen? Es ist dringend.« Er holte eine Schachtel. Als er Czernohorsky sanft hochheben wollte, fauchte der Kater erst, ließ es dann aber doch mit sich geschehen.

Dr. Perner schaute Polt überrascht ins Gesicht. »Sie sind hier falsch, Inspektor. Ich bin Tierarzt. Soll ich die Rettung rufen?«

»Es geht nicht um mich.« Polt stellte die Schachtel auf den Ordinationstisch. Czernohorsky schrie laut und kläglich, sein Körper zitterte. Der Tierarzt warf einen kurzen Blick auf den Kater. »Einschläfern?«

»Nein«, sagte Simon Polt, »bitte nein.«

Dr. Perner nahm rasch und mit herzloser Routine einige Untersuchungen vor. »Ich werde operieren müssen, mit nicht sehr viel Aussicht auf Erfolg. Ihr Risiko, ja?«

»Ja.«

»So ein Theater wegen einer Katze!« murmelte der Arzt, klopfte dann aber Polt auf die Schulter. »Wer weiß. Vielleicht schaffen wir's ja doch. Rufen Sie mich gegen Mittag an. Dann wissen wir wenigstens schon, ob er die Operation überstanden hat.«

»Geht in Ordnung.« Simon Polt war viel zu kaputt, um das Durcheinander in seinem Kopf bändigen zu können. Immerhin erinnerte er sich daran, daß er eigentlich seinen Dienst antreten sollte.

»Oh!« Harald Mank, der ausnahmsweise einmal nicht mit dem Verzehr ungesunder Nahrungsmittel beschäftigt war, faßte seinen Mitarbeiter verblüfft ins Auge.

Polt nahm vorsichtig Platz. »Die Frieb-Brüder. Aber die zwei schauen auch nicht besser aus als ich. Mike Hackls Motorradtruppe hat nämlich mitgemischt, Sepp Räuschl war der rettende Engel, und in seinem Preßhaus hat alles geendet. Übrigens: Der Kater ist wieder da. Halbtot.«

Polts Vorgesetzter konnte sich an seinem Kollegen gar nicht satt sehen. »Ein bißchen viel auf einmal, nicht?«

»Es kommt, wie es kommt.«

»Und du gehst jetzt erst einmal nach Haus, Simon, Dienst hin oder her. Einsatzfähig bist du ohnedies nicht, und außerdem fürchten sich Frauen und kleine Kinder vor dir.«

Polt versuchte erst gar nicht zu widersprechen. Er ließ es dann zu, daß Erika, die junge Höllenbäuerin, sein Gesicht mit widerlich gesund riechenden Umschlägen traktierte, und trank gehorsam Kräutertee. Eigentlich wartete er nur darauf, daß endlich die Mittagsstunde kam. Punkt zwölf rief er Dr. Perner an.

»Ein erstaunlich zähes Vieh«, klang es aus dem Hörer. »Aber der Kater ist noch nicht über den Berg. Bis zum Abend bleibt er bei mir. Dann werden wir weitersehen, wenn überhaupt.«

»Wenn überhaupt!« wiederholte Polt empört, nachdem er aufgelegt hatte. Dann legte er sich aufs Bett, schaute zur Zimmerdecke hoch und dachte an dies und jenes. Karin und er würden derzeit ein hübsches Paar abgeben, wenigstens äußerlich, aber die Lehrerin war wohl nicht in der

Laune für einen Wettbewerb der blauen Flecken. War es überhaupt noch sinnvoll, der Sache mit Willis Tod nachzugehen und sich damit Unfrieden einzuhandeln? Willi war eben nicht mehr da, das wurde im Wiesbachtal beiläufig zur Kenntnis genommen. Als er noch lebte, hatte ihn ja auch niemand beachtet. Nur einmal war er sogar in die Zeitung geraten. Polt stand auf, wartete, bis sich das Schwindelgefühl gelegt hatte, und kramte dann in einem Stapel alter Zeitungen, bis er eine bestimmte Ausgabe gefunden hatte. Vor einigen Wochen war nämlich im Lokalblatt eine kleine rührselige Geschichte erschienen, die Willi zum Thema hatte. Der Redakteur, dessen weithin gefürchtetes lyrisches Schaffen im Zeitungsalltag für seinen Geschmack viel zuwenig Beachtung finden durfte, hatte einen vorübergehenden Mangel an aktuellen Ereignissen dazu genutzt, seine Sprachgewalt zu beweisen. Schon der Titel »Das Schweigen des Lammes« verhieß Tiefschürfendes. Nach ein paar einleitenden Zeilen stand zu lesen:

Willi hatte noch Glück. In den grausamen Wirren der Nachkriegszeit blieb sein kaum erwachtes Leben verschont. Von unbekannten Eltern gleichgültig und herzlos weggelegt, fand er Erbarmen. Es ist für ihn gesorgt. Doch kann der mit klarem Verstande gesegnete Betrachter bei diesem gedankenleer verdämmernden Leben von Glück schreiben? Mag sein, daß Willis Eltern längst gestorben sind, doch mit ihren Gebeinen liegt ihre Schuld nicht mit begraben. Aus dem Schweigen ihres unglückseligen Kindes tönt das Fanal bitterer Anklage und ungesühnter Schuld. Sein leeres Gesicht spiegelt die Fratze jener wider, die ihn verantwortungslos gezeugt und allein gelassen haben. Waren sie womöglich wie er gewesen? Gedankenlos dem dumpfen Drängen tierischer Triebe folgend? Wir werden es wohl nie erfahren.

Polt wurde jedesmal ärgerlich, wenn er diese Zeilen unter die Augen bekam. Auch dem eitlen Tropf von Redakteur war der Willi egal gewesen. Und ob seine Eltern nicht auch aus verzweifelter Not gehandelt haben könnten, interessierte ihn nicht. Hauptsache, er konnte sich als Schreiber wichtig machen. Willis Tod hatte später in einer zweizeiligen Notiz Platz finden müssen.

Polt lächelte böse. Dann zerknüllte er die Zeitung, trug sie vors Haus, hielt ein brennendes Zündholz daran und schaute befriedigt zu, wie das schwülstige Elaborat in Flammen aufging. Mit neu erwachter Tatkraft holte er sein Fahrrad hervor, bestieg es mit einiger Mühe und stellte dann fest, daß alles halb so schlimm war.

Erst wollte er zum Runhof, weil er sich Sorgen um Frau Breitwieser machte. Er versuchte sich vorzustellen, wie das Leben der beiden alten Leute im Gutshof an der Grenze ablief. Was redeten sie miteinander nach all den Jahren? Und wie wurden sie mit der drohenden Gerichtsverhandlung fertig? Frau Breitwieser schien resigniert zu haben und wirkte kraftlos. Ihr Mann machte sich zwar auch keine Illusionen, was die Zukunft betraf, hielt aber den Kopf aufrecht. Als er auf der Suche nach seiner Frau in die Dienststelle gekommen war, hatte allerdings auch er einen erbärmlichen Eindruck gemacht.

Polt kam zum Schluß, daß es besser sei, die beiden vorerst in Ruhe zu lassen. Er nahm in Brunndorf einen Feldweg, der zurück nach Burgheim führte, und überquerte die Gleise der stillgelegten Lokalbahn. Es hieß, daß sie im

Dienste des Fremdenverkehrs neu belebt werden sollte. Fremdenverkehr! Das Wiesbachtal war ein verwunschener Fleck Erde. Die wenigen privaten Weinkunden kamen, kauften und gingen, und kaum einer nahm sich Zeit für den langsamen Rhythmus des Hügellandes und hatte ein Gespür für seine ruhige, eindringliche Melodie.

In Burgheim fand sich Polt, ohne es wirklich gewollt zu haben, vor Aloisia Habesams Kaufhaus wieder. Er trat ein, und gleich umfing ihn jene seltsame Mischung aus Gerüchen, die er schon als Bub gemocht hatte: Waschpulver, Schokolade, Kaffee, Äpfel und noch viel mehr. Schon gut, in Nuancen mochte sich die Komposition geändert haben, aber schließlich kam es auf den Einklang der Gegensätze an, auf die Harmonie im Chaos. Frau Habesam tauchte aus der dämmrigen Wunderwelt ihrer Lagerräume auf, erschrak beim Anblick des lädierten Gendarmen und sagte dann überraschend sanft: »Um Himmels willen, Inspektor. Kann ich Ihnen helfen?«

Polt betrachtete interessiert eine Fernsehleuchte in Form einer venezianischen Gondel. »Mir geht es ganz gut, Frau Habesam.«

»Männergeschwätz. Aber meinetwegen. Und was führt Sie zu mir?«

»Eigentlich nichts.« Polt hatte die Gondel wieder ins Regal gestellt und bewunderte nun einen Schwan aus weißem Porzellan, in dessen hohlem Rücken eine gelbe Kerze steckte. »Oder doch. Ich habe eine Neuigkeit für Sie. Ihr Fahrrad wird nicht wieder gestohlen werden.«

Frau Habesams kleine Augen blitzten auf. »So! Und wer war's?«

»Sag ich nicht.« Polt griff gedankenverloren nach einem Stück Lilienmilchseife und roch daran.

»Ist auch nicht notwendig.« Zu Polts Erstaunen stahl sich ein mütterliches Lächeln in Frau Habesams Gesicht. »Und sagen Sie den kleinen Banditen, daß sie bei mir wieder einkaufen können. Einkaufen habe ich gesagt, nicht stehlen.«

Polt grinste. »Geht in Ordnung. Bis bald also!«

»Warten Sie einen Augenblick, Inspektor.« Frau Habesam warf Polt einen verschwörerischen Blick zu. »Sie sollen erfahren, wie klug es ist, eine ehrsame Kauffrau zu unterstützen.« Sie ging nach hinten, kam gleich wieder und drückte Polt ein klein zusammengefaltetes Stück Papier in die Hand. »Damals, als die Geschichte mit den gestohlenen Schokobananen passiert ist, habe ich die vier Knaben natürlich gefilzt. Und mir entgeht nichts. Nehmen Sie's nur mit.«

»Danke!« Polt schob das Papier in die Hosentasche und schaute zur Tür. Manfred Wieser, der Vater von Klaus, trat ins Geschäft. »Ich habe Ihr Fahrrad draußen gesehen, Inspektor, ich muß mit Ihnen reden, sofort.«

»Ja?« Polt fühlte sich unbehaglich.

»Sie waren mit dem Klaus und den anderen zusammen. Seitdem hat der Bub noch keinen Bissen gegessen und einschlafen hat er auch nicht können. Was haben Sie mit ihm angestellt?«

»Gar nichts. Mich hat nur interessiert, ob die vier vielleicht beim Spielen etwas gesehen haben, was mich in der Sache mit dem Willi weiterbringt.«

Nach kurzem Schweigen schaute Manfred Wieser Polt an. »Was Sie mit diesem Willi aufführen, ist Ihre Sache.

Aber wenn Sie noch einmal meinen Buben so verschrekken, können Sie was erleben. Verstanden?«

»Verstanden«, sagte Polt und dachte an das Stück Papier in seiner Hosentasche.

Die Früchte des Zorns

Polt war auf kürzestem Weg nach Hause gefahren und saß nun am Küchentisch, das auseinandergefaltete Blatt Papier vor sich. Eine Zeichnung gab die Gegend um Burgheim und Brunndorf wieder. Die verlassene Kellergasse war gelb umrandet, daneben stand *Niemandsland* und *Wolkenburg.* Ein blauer Rand umschloß den Lößabsturz. *Felsheim* las Polt und *Räuberhöhle*. Dann gab es noch zwei dick unterstrichene Wörter. Unter dem einen – *Beobachtung* – waren der Runhof, der alte Ziegelofen und das Zollhaus angeführt, in dem ein greiser Privatgelehrter wohnte. Unter dem anderen Wort – *Abschiebung* – stand nur ein Name: *Willi.*

Polt seufzte tief und strich mit der Hand über seine Augen. Dann wählte er langsam Karin Walters Nummer. Zum ersten Mal in seinem Leben freute er sich nicht darüber, ihre Stimme zu hören. Er beschloß, erst gar nicht lange herumzureden. »Eine böse Sache, Karin.« Weil er keine Antwort bekam, fuhr er fort. »Frau Habesam hat den Buben ein Schriftstück abgenommen, und heute hat sie es mir gegeben. Eine Art Plan von ihren Abenteuerspielplätzen. Unter anderem steht aber noch etwas drauf.«

»Was?« Karins Stimme klang dünn.

»Abschieben. Willi.«

»Nein.«

»Wenn ich es dir sage.«

»Was wirst du tun?«

»Den Manfred Wieser anrufen. Vielleicht ist er doch einverstanden, daß ich noch einmal mit seinem Buben rede, wenn er dabei ist.«

»Und irgendwann sind sich Vater und Gendarm einig und machen den Klaus fertig.«

»So habe ich das nicht gemeint.«

»Wie sonst?«

»Ich möchte eben verhindern, daß die Sache offiziell wird. Mit diesem Abschieben war vielleicht nur gemeint, daß sie den Willi nicht in ihrem Revier haben wollten.«

»Mach, was du willst, Simon.«

»Was soll das wieder heißen?«

»Daß ich ratlos bin. Und daß ich nicht mehr mitspiele. Der Klaus und die anderen sind meine Schulkinder. Und ich bin dafür verantwortlich, daß sie nicht kaputtgemacht werden. Auch wenn's einmal gegen dich gehen sollte, Simon.«

»Gut. Ich kann's verstehen.«

Karin gab keine Antwort.

Der Gendarm suchte Manfred Wiesers Nummer aus dem Telefonbuch.

»Ja?«

»Simon Polt hier, Herr Wieser. Jetzt muß ich dringend mit Ihnen reden und mit dem Klaus auch.«

»Das könnte Ihnen so passen.«

»Herr Wieser! Heute bin ich in Zivil. Morgen habe ich die Uniform an. Sie können sich's aussuchen.«

»Was, zum Teufel... Na ja, dann kommen Sie eben.«

Der Bauer erwartete Polt schon in der Hoftür. »Was ist denn jetzt schon wieder los?«

Polt reichte ihm wortlos das Blatt Papier. Manfred Wieser studierte es gründlich. »Wo haben Sie den Wisch her?«

»Tut nichts zur Sache. Und wenn sich herausstellt, daß nichts anderes dahintersteckt als ein mehr oder weniger harmloser Lausbubenstreich, werfe ich ihn weg.«

»Klaus!« Manfred Wieser hatte eine tiefe, ungewöhnlich kräftige Stimme. Klaus kam zögernd aus der Küche. Sein Vater gab ihm das Blatt Papier. »Was soll das?«

Klaus schaute das Papier gar nicht an. Dann wandte er sich an Simon Polt. »Das ist unser Plan, Herr Inspektor.«

Manfred Wieser wurde wütend. »Das ist keine Antwort!«

Polt legt ihm beruhigend die Hand auf den Unterarm. »Keiner will euch was tun, Klaus. Ich habe euch ja schon erzählt, worum es mir geht.«

»Ja.«

»Dann erzähle ich dir noch etwas. Der Willi war euch lästig, weil er so oft in der Wiese oben *am todten Hengst* gesessen ist. War doch euer Revier, nicht wahr? Und ihr habt euch eben überlegt, wie er von dort zu vertreiben wäre. Nicht gerade sehr freundlich, aber auch kein Verbrechen.«

»Wir waren nicht die einzigen, die ihn nicht gewollt haben.«

»Wer noch?«

Klaus war sehr blaß. Er schaute seinen Vater an, schaute Polt an, dann verzog er den Mund, als ob er losheulen würde. Sekunden später riß er sich zusammen, schrie »Ihr könnt mich am Arsch lecken, alle zwei!« und rannte aus dem Hoftor.

»Das kann ja was werden.« Manfred Wieser schaute Polt zornig an. »Herzliche Gratulation, Herr Gendarm. Und nächstes Mal können Sie ruhig in Uniform kommen.«

Simon Polt war dem Buben rasch gefolgt, konnte ihn aber nicht mehr sehen. Vermutlich war Klaus zu seinen Freunden unterwegs, damit sie beratschlagen konnten. In ihren alten Quartieren brauchte er die vier jedenfalls nicht zu suchen, soviel war klar. Polt fuhr ziellos über Feldwege, konnte aber nichts entdecken. Beim Lößabsturz angelangt, sah er, wie Karl Gapmayr mit dem Traktor in der *Riede todter Hengst* arbeitete. Er ging hinauf und wartete, bis ihn der Bauer gesehen hatte. »Grüß Gott, Herr Gapmayr!«

»Hallo, Inspektor!« Gapmayr hielt an und stellte den Motor ab. »Wie schauen Sie denn aus?«

»Kleine Auseinandersetzung mit den Frieb-Brüdern, gestern abend.«

»Die zwei gehören ins Gefängnis. Oder noch besser, man zwingt sie zu einer anständigen Arbeit. Aber das gibt's ja heute nicht mehr. Und was führt Sie hierher? Immer noch die Sache mit diesem Willi? Ich glaube bald, die Gendarmerie hat nichts zu tun.«

»Aber ja, mehr als genug. Kennen Sie übrigens den Buben vom Manfred Wieser?«

»Allerdings. Der hat sich mit seinen Spießgesellen oft genug hier in der Gegend herumgetrieben. Und in der Höhle unten im Löß haben sie sich auch zu schaffen gemacht. Ganz schön gefährlich das, aber nicht meine Sache.«

»Etwas anderes: Sie müßten doch eigentlich hier oben gewesen sein, als der Unfall mit dem Willi passiert ist.«

»Wahrscheinlich. Bemerkt habe ich aber nichts. Der Traktor ist laut, und ich habe Besseres zu tun, als mich um einen Schwachsinnigen zu kümmern. Als ich ihn dann zufällig unten liegen gesehen habe, war vielleicht alles schon lange vorbei.«

»Hat es Sie eigentlich gestört, daß der Willi oft auf Ihrer Wiese war?«

»Es war mir egal. Schaden hat er ja keinen angerichtet. Aber offen gesagt, lieber wär's mir gewesen, ich hätte ihn nicht sehen müssen. So einer gehört nicht unter die Leut.«

»Wohin sonst?«

»Ach, lassen Sie mich in Frieden. Sie haben einen Narren an ihm gefressen gehabt, nicht wahr? Da sind halt zwei Schlaumeier zusammengekommen.«

»Dumm war er nicht, der Willi.«

»Alles relativ, wie gesagt.« Gapmayr grinste und hob den Kopf, dann wurden seine Augen schmal, er griff nach einem großen Schraubenschlüssel und schleuderte ihn mit einer wütenden Handbewegung in den Weingarten. »Verdammt. Daneben. Ausrotten sollte man diese Feldhasen. Fressen die jungen Triebe weg, Viecher, elende. Aber die Jäger wollen ja auch was zum Totschießen haben, nicht wahr?«

»Eine letzte Frage: Haben Sie an diesem Nachmittag, Sie wissen schon, den Klaus und seine Freunde gesehen?«

»Nein, habe ich nicht. Aber vielleicht waren sie unten bei der Höhle.« Gapmayr schaute ungeduldig auf die Uhr.

»Ja, vielleicht.« Polt hob die Schultern. »Dann werde ich eben gehen.«

»Tun Sie das, Herr Inspektor. Anständige Leute haben nämlich eine anständige Arbeit. Und die will getan sein.«

Simon Polt bog noch vor der Burgheimer Kellergasse in einen schmalen Weg ein, der zwischen Weingärten talwärts führte. Er war jetzt verteufelt müde und fühlte sich schlecht. Doch er wollte sich unbedingt noch bei dem stillgelegten Ziegelofen umschauen. Der Betrieb war seit Jahrzehnten eingestellt. In einem der Verwaltungsgebäude wohnte ein altes Ehepaar, hielt ein paar Hühner und eine Ziege und pflegte die Obstbäume.

Polt war schon lange nicht mehr hier gewesen. Erst jetzt fiel ihm die eindrucksvolle Größe dieser Anlage auf. Dort, wo früher Lehm abgebaut worden war, schob sich eine flache Bucht mit steilen Ufern ins Hügelland, am anderen Ende gab es eine nutzlos gewordene Transformatorstation und sogar eine Kapelle. Die Verwaltungsgebäude und der Ringofen mit dem hochragenden Schlot standen im Zentrum, sogar das mächtige Dach, unter dem die Ziegel zum Trocknen aufgeschichtet worden waren, schien noch so halbwegs in Ordnung zu sein.

Von den zwei alten Leuten war nichts zu sehen, und Polt wollte sie auch nicht stören. Er lehnte sein Fahrrad an einen windschiefen Bretterverschlag und ging langsam zum Ziegelofen. Er mußte sich kaum bücken, um durch eine der großen Öffnungen ins Innere zu gelangen. Im kühlen Halbdunkel schaute er nach oben. Das Gewölbe machte einen beruhigend massiven Eindruck. Vorsichtig, Schritt für Schritt, ging er weiter. Der Gendarm hatte fast einen Halbkreis vollendet, als er ein Geräusch hörte. Instinktiv duckte er sich und bemerkte, daß er gerade noch einem Ziegel ausgewichen war, der mit dumpfem Schlag an der Mauer zerbrach. Jetzt waren eilige Schritte zu vernehmen. Polt rannte los und verlangsamte gleich darauf sein Tempo, weil er sah, daß einer der Flüchtenden gestolpert war und liegenblieb. Als Polt neben der kleinen Gestalt kniete, erkannte er, daß er den Jüngsten der Viererbande vor sich hatte. Robert Öller lag auf dem Bauch und weinte. Polt drehte ihn um. »Hast du dir weh getan?« Mit heller Panik im Gesicht schaute ihn der Bub an. »Nein. Herr Inspektor.« Inzwischen waren die anderen drei zurückgekommen. Klaus Wieser schob sich energisch vor seine Freunde. »Ich war das mit dem Ziegel. Verhaften Sie mich jetzt?«

»Dummkopf.« Polt setzte sich auf einen Mauervorsprung. »Aber du hättest mir ganz schön weh tun können, weißt du das?«

»Ich wollte Sie erschlagen, Herr Inspektor«, sagte Klaus dramatisch.

»So ungefähr, wie man einen Drachen tötet? Hört einmal zu, ihr vier. Irgendwann ist jedes Spiel zu Ende, und das echte Leben fängt an. Natürlich gibt es auch in Wirklichkeit Helden. Aber die werfen nicht mit Ziegeln nach harmlosen Gendarmen.«

»Sondern?« Die Stimme von Klaus zitterte.

»Die haben den Mut zu sagen, was sie wissen, auch wenn es weh tut oder peinlich ist oder vielleicht sogar gefährlich.«

Ein langes Schweigen folgte. Klaus schaute an Polt vorbei, die anderen drei schauten auf ihren Anführer. Dann sagte Klaus. »Das mit dem Ziegel war ein Blödsinn.«

»Gut. Die halbe Heldentat hätten wir.«

»Es geht nicht. Ich kann nicht«, sagte Klaus. »Ich hab's versprochen. Großes Ehrenwort.«

Polt seufzte. »Ja, dann kann man nichts machen. Ihr braucht keine Sorgen wegen des Ziegels zu haben, das verspreche ich euch, wenn ihr mir auch etwas versprecht.«

»Und das wäre?«

»Ihr geht jetzt nach Hause, eßt endlich einmal vernünftig und zeigt euch morgen in der Schule.«

Die vier senkten die Köpfe. »In Ordnung«, sagte Klaus.

Die Väter

Vor dem Haus des Tierarztes angekommen, hatte Polt plötzlich Magendrücken. Er legte den Finger auf die Türglocke, Dr. Perner öffnete. »Sie können das Tier mitnehmen, Inspektor. Die Rechnung kommt nach. Hoffentlich ist Ihnen der Kater überhaupt so viel wert.«

»Und?« fragte Polt.

»Er lebt. Jetzt muß er selber sehen, daß er durchkommt, ich kann da nichts mehr tun.« Er reichte dem Gendarmen eine Pappdose. »Hier sind Pillen zur Kräftigung drin. Die stecken Sie ihm in den Schlund. Jeden Tag drei. Sie wissen, wie das geht?«

Polt nickte.

»Gut.« Der Arzt ging ins Ordinationszimmer und kam mit einer großen Schachtel wieder. »Hier, bitte. Und lassen Sie ihn nicht fallen.«

Simon Polt nahm Czernohorsky, ließ das Fahrrad stehen und trug den Kater nach Hause. Vorsichtig bettete er ihn auf seinen Lieblingsplatz. Czernohorsky gab einen schmerzlichen Laut von sich und lag dann still. Auf dem Bauch war das Fell wegrasiert worden, die Wunde war vernäht, und die Haut glänzte vom Sprühpflaster. Polt kraulte den Kater hinter den Ohren, sah aber keine Reaktion. Dann zwang er ihm vorsichtig das Maul auf, steckte eine der mitgebrachten Tabletten möglichst tief hinein. Czernohorsky würgte. »Kater, Kater«, murmelte Polt, »irgendwie ist das heute nicht unser Tag.« Er hatte keine Lust aufs Abendessen, goß aber den Bierkrug voll, weil er schläfrig werden wollte. Der Kater öffnete halb die Augen und schaute zu. Polt tauchte eine Fingerspitze in den Schaum und hielt sie Czernohorsky vor die Nase. Und siehe: eine rosa Zunge erschien und leckte. »Von wem du das nur hast.« Simon Polt tat einigermaßen getröstet einen kräftigen Schluck.

Am nächsten Morgen versuchte Czernohorsky aufzustehen, war aber zu schwach. Immerhin nahm er das Futter an, das ihm sein Mitbewohner und Ernährer ins Maul steckte. Polt telefonierte noch mit der alten Erna, um ihr wegen Czernohorsky Bescheid zu geben, dann zog er seine Uniform an und machte sich auf den Weg ins Wachzimmer.

»Grüß dich, Simon.« Inspektor Holzer deutete mit dem Daumen über seine Schulter. »Du sollst gleich einmal zum Chef. Da braut sich was zusammen.«

»Guten Morgen.« Harald Manks Stimme klang förmlich. Polt grüßte und setzte sich.

Der Dienststellenleiter musterte seinen Freund und Kollegen sorgenvoll. »Zwei Sachen, Simon. Eine lästige und eine wirklich unangenehme.«

»Ich kann's mir so ungefähr denken.« Polt betrachtete eingehend das Bild des Bundespräsidenten über dem Schreibtisch des Dienststellenleiters.

Mank lehnte sich in seinem Sessel zurück. »Paul Frieb hat offensichtlich mit ein paar guten Freunden geredet. Mein Gott, Simon! Noch gestern hätte ich viel dafür gegeben, einmal mit einem meiner obersten Vorgesetzten sprechen zu können. Heute früh hat einer angerufen. Der Name geht dich nichts an.«

Polt löste den Blick vom Präsidenten und schaute Mank ins Gesicht. »Donnerwetter. Und das alles nur, weil ich mich mit besoffenen Skinheads herumprügle?«

»Ja. Es wurde mir nahegelegt, besonders korrekt und mit Feingefühl vorzugehen.«

»Das ist genau die Sprache, die Anatol und René verstehen, nicht wahr?«

»Es geht um den Dienstweg, Simon. Es darf nichts an unserer Arbeit geben, das angreifbar wäre. Auf dich wartet also jede Menge Hausaufgaben. Du hast ohnedies Innendienst heute. Mit einer Ausnahme.«

»Und die wäre?«

»Manfred Wieser hat angerufen und sich über dich beschwert. Außerdem hat er gesagt, daß er heute den Klaus in die Schule begleiten wird, um die Sache mit Karin Walter zu besprechen. Die ist ja Klassenvorstand. Oder heißt das heutzutage Klassenvorständin?«

»Weiß ich nicht.«

»Ist ja auch egal. Aber jetzt einmal unter uns, Simon. Daß dir die Sache mit dem Willi keine Ruhe läßt, ist verständlich, aber deine Angelegenheit. Für mich sind die Ermittlungen abgeschlossen. Und was diese Viererbande angeht: Ein paar von ihren Missetaten waren ganz bestimmt mehr als Lausbubenstreiche, und ein paar weitere könnte man noch herausfinden. Für eine Anzeige würde das schon reichen. Fragt sich nur, ob das der richtige Weg ist, mit den Helden umzugehen.«

»Bestimmt nicht.«

»Und dann hat es was zwischen den Buben und dem Willi gegeben. Angeblich hast du so etwas wie einen Beweis.«

»Beweis nur dafür, daß die vier den Willi aus ihrem Revier vertreiben wollten.«

»Ich will es eigentlich gar nicht so genau wissen. Es gibt also nach wie vor nichts, was uns offiziell interessieren müßte.«

»Ich gehe der Sache privat nach.«

»Dem Wieser gegenüber hast du aber mit der Gendarmerie gedroht, das war ein Fehler, Simon.«

»Ich war wütend. Aber du hast recht. So geht es nicht. Ich werde mich bei Manfred Wieser entschuldigen.«

»Das wird nicht reichen. Ich habe ihm angeboten, daß sich die vier Väter und du heute gegen Abend im Extrazimmer vom Gasthaus Stelzer treffen. Wenn die Karin Walter mitkommen will, soll's mir recht sein. Und bei dieser Gelegenheit mußt du einfach klare Verhältnisse schaffen, Simon, und ich muß wissen, wie es weitergeht. Eine Beschwerde über einen meiner Beamten an eine vorgesetzte Dienststelle hätte mir im Augenblick gerade noch gefehlt. Ist dir fünf Uhr recht? Dann gebe ich dem Manfred Wieser Bescheid.«

»Gut. Auf ein paar blaue Flecken mehr oder weniger kommt es auch nicht mehr an.« Polt machte sich an die Arbeit.

Als es an der Zeit war, nahm er seine Uniformmütze vom Haken, ging zum Haus des Tierarztes, um sein Fahrrad zu holen, und war pünktlich in Brunndorf.

»Grüß Gott, Herr Inspektor.« Der Wirt deutete mit dem Kopf zum Extrazimmer. »Dicke Luft?«

Polt nickte nur und ging nach hinten. Die vier Väter saßen an der Schmalseite des Raumes um einen Tisch. Karin Walter saß allein, musterte ein paar Sekunden Polts noch immer verschwollenes Gesicht, sagte aber nichts. Der Gendarm setzte sich zu ihr. Die Lehrerin spielte nervös mit einem Bierdeckel. Dann gab sie sich einen Ruck, stand auf und schaute zu den vier Männern hinüber. »Es geht um eure Buben. Ihr habt allen Grund, euch Sorgen um sie zu machen. Mir ist es übrigens auch nicht gleichgültig, wie es denen geht. Gendarmerie Inspektor Polt ist da, weil er damit zu tun hat.«

Polt nickte. »Und ich muß mich gleich einmal für etwas entschuldigen. Wie ich neulich mit Ihnen telefoniert habe, Herr Wieser, war das ganz und gar privat. Und es war unrecht von mir, Sie mit dem Hinweis unter Druck zu setzen, daß ich auch noch Gendarm bin.«

Manfred Wieser schaute wütend hoch. »Im Reden ist er gut, unser Herr Inspektor. Darauf lassen wir uns nicht mehr ein. Wir vier sind einer Meinung, und die werden Sie jetzt hören. Die Sache geht Sie einen Dreck an, Herr Polt. Wir haben unseren Buben verboten, in Zukunft auch nur ein Wort mit Ihnen zu reden. Wir kommen schon selbst mit denen zurecht. Und wenn die was angestellt haben sollten, werden wir eben durchgreifen.«

»Durchgreifen? Ich weiß nicht recht...«, sagte die Lehrerin leise.

»Sie stecken mit dem doch unter einer Decke.« Manfred Wieser schaute verächtlich drein.

Karin Walter stand auf und verließ den Raum.

Polt betrachtete die vier Männer ruhig. »Ich habe den Zettel natürlich nicht weitergegeben, Herr Wieser. Die Gendarmerie hat mit der Sache nach wie vor absolut nichts zu tun. Ich werde mich auch so lange nicht mehr mit euren Buben treffen, bis ihr wieder anders denkt. Aber die Angelegenheit ist damit nicht erledigt. Eure Kinder haben panische Angst, und zwar nicht vor mir. Die haben irgend etwas Schreckliches erlebt. Man muß ihnen helfen.«

»Noch was?« Manfred Wieser schaute zu Polt hoch wie ein Hund, der sich fürchtet, aber gleich beißen wird.

»Nein.« Der Gendarm erhob sich langsam und wandte sich zum Gehen.

Polt hätte gerne noch in Brunndorf seinen Freund, den Friedrich Kurzbacher, besucht, aber das Hoftor war versperrt, und so bog Polt in die schmale Straße ein, die zur Kellergasse führte. Er hatte den ganzen Tag über nicht auf das Wetter geachtet, doch jetzt sah er, daß von Osten her, über der bewaldeten Kuppe des Grünbergs, blauschwarze Wolken aufgezogen waren. Als er die ersten Preßhäuser erreichte, brach das Gewitter los. Polt duckte sich im prasselnden Regen.

»Halt! Herein da!«

Der Gendarm bremste und sah Josef Schachinger in der

offenen Tür seines Preßhauses stehen. »Das erste Gewitter, Herr Inspektor! Der Sommer kommt.«

Polt wischte sich mit einem Taschentuch den Regen aus dem Gesicht und schlug die Uniformmütze gegen den Balken der Weinpresse. »Kellerarbeit, Herr Schachinger?«

»Nicht wirklich. Ein paar Flaschen sollte ich etikettieren, aber das hat keine Eile. Ich hab's zu Hause nicht mehr ausgehalten. Gehn wir in den Keller?«

»Nichts lieber als das.«

Inspektor Polt konnte sich gut an Schachingers unterirdisches Reich erinnern. Die Kellerröhre drang stark gekrümmt in die Tiefe vor und endete in einer Art Höhle, in der ein Tisch und Sessel standen. Vor gut zwei Jahren war Polt hier mit vier Weinbauern zusammengesessen. Alle waren sie damals des Mordes an Albert Hahn verdächtig gewesen, auch der Schachinger.

Der Weinbauer öffnete eine schlanke Flasche. »Der ist was für uns, Inspektor, gerade erst abgefüllt. Ein leichter, frischer Wein, goldrichtig für einen Tag wie heute.« Er füllte die Gläser. Simon Polt hielt seines gegen das Licht. »Da steckt ein prächtiger Sommer drin«, erinnerte er sich.

»Ja, aber auch ein Herbst zum Fürchten«, ergänzte der Schachinger. »Ich kann mich nur darüber wundern, daß der Wein so geworden ist, wenn ich daran denke, wie die Trauben ausgeschaut haben.« Die beiden kosteten. Polt legte beifällig den Kopf schief. »Ein Welschriesling?«

»Alle Achtung. Wenn Sie als Gendarm auch so treffsicher sind...«

»Oh je. Derzeit bin ich eher eine Zielscheibe, aber lassen wir das.« Polt trank sein kleines Glas leer. Schachinger nahm einen Weinheber vom Haken. »Jetzt ist ein Weißburgunder dran. Den habe ich noch im Faß, ist lange auf der Mutter gelegen.«

»Auf wem bitte?«

»Auf der Hefe, Inspektor. Die Trauben sind sehr reif gewesen, und die Gärung hat lange gedauert. Da läßt man ihn dann besser liegen und rührt ihn immer wieder auf, das harmonisiert die Säure. Haben die Alten auch schon so gemacht.« Schachinger füllte den Weinheber. Polt beobachtete ihn, wie er auf der Leiter stand und sein Körper einen Bogen zwischen die Wölbung des Kellers und die Rundung des großen Fasses zeichnete. Er fragte sich, ob dieses Bild nicht eigentlich schon von gestern war. »Es geht nichts über einen schönen Faßkeller«, sagte er, als die Gläser wieder gefüllt waren, »zum Teufel mit Plastiktanks und Stahlbehältern.«

Der Schachinger drehte sein Glas zwischen den Fingern. »Ich weiß nicht, wie das werden soll. Vor ein paar Wochen ist der Wurm Walter gestorben. Glauben Sie, daß irgend jemand seiner Witwe die Fässer abnimmt? Ja, Wiener wollen den Keller und das Preßhaus haben, als billiges Wochenendquartier. Aber was ich Ihnen erzählen wollte: Meinem Buben, dem Peter, geht's besser. Ich habe schon geglaubt, daß ihn der Hahn, diese Drecksau, fürs Leben ruiniert hat, als er ihn damals gewaltsam in den Keller gezerrt hat. Aber er lernt jetzt ganz gut und hat auch wieder Freunde gefunden. Da ist wohl auch viel die Frau Walter schuld. Eine großartige Lehrerin.«

»Wem sagen Sie das.« Polt schwieg und dachte nach. Josef Schachinger trank schweigend. Dann war das Geräusch eines

Autos zu hören. Polt schaute zur Kellerstiege. »Das ist der alte Opel vom Kurzbacher, wenn ich mich nicht täusche.«

Er hatte sich nicht getäuscht. Friedrich Kurzbacher kam in Begleitung von Christian Wolfinger die Kellerstiege herunter. »Da wären wir also wieder einmal zusammen.« Josef Schachinger gab Polt einen Rempler. »Nur geht es diesmal nicht um einen Mörder.«

Der Gendarm seufzte. »Sagen Sie das nicht.«

Wenn die schwarze Luft kommt

Schachinger füllte noch einmal den Weinheber, und als alle zu trinken hatten, erzählte Polt von seinem Kummer mit Willi, von der Viererbande und den Vätern. »Jetzt wollen sie durchgreifen. Ich kann mir denken, was das bedeutet. Kein Fernsehen mehr, Hausarrest und Prügel, und zwar kräftige. Aber es ist schon auch so, daß es durch mich soweit gekommen ist.«

Josef Schachinger lachte kurz auf. »Schöne Moralapostel sind das, Simon! Dem Manfred Wieser ist seine Frau davongelaufen, weil er sie geschlagen hat, der Sauer Ferdl säuft wie ein Loch, der Heindl Walter geht in Tschechien zu den Huren, und der Öller Gustav, na der ist wenigstens soweit in Ordnung.«

Christian Wolfinger, jagdgrün gekleidet, wie es seinem schießfreudigen Wesen entsprach, stellte das Glas energisch auf den Tisch. »Außerdem war's höchste Zeit, diesen vier Lausbuben einmal zu zeigen, wo der Himmelvater wohnt. Weißt du eigentlich, Simon, was die alles angestellt haben?«

»Ich habe mich nur darum gekümmert, wenn es sein mußte. Es sind ja doch Kinder.«

»Aber was für welche. Dem dicken Hund von der alten Frau Ritter haben sie Chilischoten in den Hintern gesteckt, einem Mitschüler mit Gewalt den Kopf kahlgeschoren, und bei der letzten Treibjagd sind sie auf dem Dach von ihrem Baumhaus gesessen und haben mit Kirtagstrompeten das Wild verstört.«

»Nicht schlecht.« Polt lächelte.

»Das mag ja alles noch hingehen, Simon«, mischte sich der Kurzbacher ein, »aber die vier haben auch dem Ehepaar vom Ziegelofen ein Hendl gestohlen und es am Spieß gebraten. Die zwei Leute werden ohnehin kaum satt. Und diesem Professor im alten Zollhaus haben sie alle Fenster eingeschmissen. Der Mann hat nicht einmal Geld zum Heizen im Winter.«

Josef Schachinger trank aus und stand auf. »Jedenfalls werden sie jetzt wohl Ruhe geben. Ich hol euch noch was Besonderes, einen roten Veltliner, da gibt's nicht viel davon, darum trinkt ihn der Pfarrer als Meßwein.«

»Mh. Ein schönes Runderl hat er«, merkte der Kurzbacher lobend an, als er davon gekostet hatte, »da könnt man ins Simlieren kommen.«

Polt schaute fragend: »Simlieren?«

»Ihr jungen Leute könnt nicht einmal mehr Wiesbachtalerisch. Schön langsam nachdenken, heißt das. – Ob es wohl noch immer so schüttet draußen?«

»Kann uns doch egal sein.« Schachinger schenkte nach. »Aber in Burgheim kann's schon einmal kritisch werden mit dem Wasser, weil der Wiesbach ja zwischen dem Ort und der Kellergasse fließt. Ein paar Jahre ist es her, da sind ein paar Burgheimer im Keller vom Bürgermeister gesessen. Sogar der Feuerwehrkommandant war dabei. Na ja, und wie das eben so ist, am Nachmittag haben sie angefangen zu trinken, am Abend haben sie noch immer getrunken, und es hat geregnet und geregnet. Als sie dann gegen zehn endlich nach Hause wollten, sind die Preßhäuser an einem Seeufer gestanden.«

»Werden sie eben weitergetrunken haben«, bemerkte der Wolfinger. »Hast du übrigens was dagegen, wenn wir nach oben gehen, Josef? Mir wird schon kalt.«

Schachinger griff wortlos nach einer Flasche und ging voraus. Im Preßhaus war es merklich wärmer, doch immer noch kühler als im Freien. Polt, der diesen Raum noch nie bei Tageslicht gesehen hatte, schaute sich neugierig um. »Sie sind ja ein Sammler, Herr Schachinger!«

»Andere schmeißen das Zeug weg. Mich erinnert es daran, wie wir seinerzeit als junge Leute gearbeitet haben. Himmel, war das eine Schinderei.« Er nahm ein etwa handgroßes längliches Stück Holz von der Wand. »Wissen Sie, was das ist, Herr Inspektor?« Der Gendarm schaute genauer hin und sah zwei ineinandergeschobene Hölzer mit eingeritzten Querstrichen. »Keine Ahnung.«

»Das ist ein Robisch.« Schachinger trennte die Teile. Wenn zum Beispiel ein Bauer einen Tagelöhner beschäftigte, zog er am Abend zur Bestätigung der geleisteten Arbeit einen Strich über beide Hölzer. Jeder behielt seinen Teil, und keiner konnte den anderen betrügen, weil die Striche ja zusammenpassen mußten.«

Polt war beeindruckt. »Da steckt Logik drin, könnte mir

eigentlich auch nicht schaden. Vielleicht bringe ich damit in meinem Kopf endlich Phantasie und Wirklichkeit in die Reihe und zwinge mich dazu, ausnahmsweise einmal geradeaus zu denken.«

»Heute abend ist das bestimmt nicht mehr notwendig.« Schachinger öffnete die Flasche. »Ein schöner, tiefdunkler Roter, kräftig und samtig, wie es sich gehört. Vielleicht hätte ich ihn noch gar nicht abfüllen sollen.«

»Weißt du was, Simon?« sagte Friedrich Kurzbacher zwei Gläser später. »Am Wochenende ist eine Weinkost in der Burgheimer Mehrzweckhalle. Da hören wir uns für dich ein wenig um, was diesen Nachmittag oben *am todten Hengst* angeht.«

»Danke.« Simon Polt fühlte sich deutlich besser. »Aber jetzt muß ich gehen, ich habe einen kranken Kater zu Hause.«

»Und ich eine böse Frau«, sagte Schachinger, »da bin ich besser daheim, wenn die schwarze Luft kommt.«

»Guten Abend also miteinander! Gottlob hat's ja zu regnen aufgehört.« Polt wischte mit der Hand über den nassen Sattel, stieg aufs Fahrrad, fuhr auf schmalen Wegen zwischen Weingärten und Äckern nach Brunndorf, freute sich über Czernohorsky, der ihm auf wackeligen Beinen entgegenkam, und sorgte dafür, daß der Kater und er nicht hungrig blieben.

Am nächsten Morgen rief schon um halb acht Karin Walter an. »Hallo, Simon. Kann ich zu dir kommen? Wir müssen reden.«

»Jederzeit. Ich habe dienstfrei.«

»Ich geh jetzt in die Schule. Paßt es dir gegen zwei?«

»Ja natürlich.«

»Also bis dann.«

Polt rief noch Harald Mank an, um ihm vom Gespräch mit den Vätern zu berichten. Dann wartete er auf Karin und brachte es nicht fertig, noch irgend etwas anderes zu tun.

Sie war pünktlich und schaute ernst drein. »Grüß dich, Simon. Was habt ihr gestern abend noch geredet?«

»Ich habe versucht, diesen Dickschädeln klarzumachen, daß die Buben nicht vor mir Angst haben, sondern offensichtlich etwas wissen, was ihnen einen Schock versetzt hat.«

»Und die Reaktion?«

»Manfred Wieser hat das Gespräch für beendet erklärt.«

»Und du?«

»Ich habe noch mit ein paar Brunndorfer Bauern geredet. Nicht ohne, was die vier Lausbuben so alles angestellt haben.«

»Weiß ich.«

»Und der Kurzbacher will sich ein wenig für mich umhören. Vielleicht hat ja doch jemand etwas gesehen, an diesem Nachmittag.«

»Du gibst also noch immer nicht auf.«

»Warum sollte ich aufgeben? Es stimmt etwas nicht mit Willis Tod, da bin ich sicher. Und die Buben werden irgendwann reden müssen. Die können doch mit dieser Belastung nicht ewig weitermachen.«

»Und du sorgst dafür, daß die Belastung völlig unerträglich wird.«

»Das ist nicht meine Absicht.«

»Aber das Ergebnis deiner Handlungen.«

»Du meinst also, daß ich den Buben gegenüber rücksichtslos bin? Das ist ungerecht.«

»Du nimmst immerhin so einiges in Kauf.«

»Nicht einmal das stimmt. Je rascher der Fall geklärt ist, desto eher sind auch die Kinder von ihrem Alptraum befreit.«

»Und dafür gehst du über Leichen, wie?«

»Es gibt nur zwei Leichen. Den Riebl Rudi und den Willi.«

»Das war im übertragenen Sinn gemeint. Ich mag es nicht, wenn du spitzfindig wirst, Simon. Du führst dich ganz einfach ungut auf.«

»Wer auch immer den Willi umgebracht hat, hat sich ganz anders aufgeführt.«

Karin Walter atmete tief durch, stand auf und schaute aus dem Fenster. Polt trat hinter sie. »Glaubst du, in mir sieht's besser aus als in dir?«

Karin ließ Polt stehen und setzte sich wieder. »Versuchen wir es in Ruhe. Du bist fest davon überzeugt, daß dein Freund Willi nicht durch einen Unfall gestorben ist. Aber Beweise hast du keine dafür, nicht wahr?«

»Nein. Wenigstens keine, die vor Gericht halten würden. Und damals, erinnere dich doch, in der Sache mit diesem Hahn, war es nicht anders. Und du hast mir geholfen.«

»Da ging es um mordverdächtige Erwachsene. Diesmal geht es um Kinder, die vielleicht groben Unfug getrieben haben. Du hast deine Überzeugung, bitte. Und ich werde dir jetzt etwas erzählen, von dem man genausogut überzeugt sein könnte. Nimm an, die Buben hätten Willi noch an diesem Nachmittag verspottet oder vielleicht auch durch Bosheiten gequält. Sie sind dann in ihre Höhle gegangen, wo sie ja am liebsten waren. Oben *am todten Hengst* hat irgend etwas den Willi erschreckt, eine Fehlzündung von Gapmayrs Traktor vielleicht, was weiß ich. Jedenfalls ist der Willi in Panik losgerannt und den vieren vor die Höhle gefallen. Reicht das für einen Schock?«

»Ja, das reicht. Und wen betrifft das große Ehrenwort, von dem sie mir im Ziegelofen erzählt haben?«

»Davon höre ich erst jetzt. Sie haben es sich gegenseitig gegeben, was sonst?«

Polt schwieg. Dann sagte er langsam. »Ich gebe dir recht, Karin. Wahrscheinlich gibt es sogar noch ein paar Möglichkeiten, die plausibel sind. Aber Wirklichkeit gibt es nur eine, und die muß ich herausfinden.«

»Wer ordnet das an?«

»Niemand.«

»Du gehst also deinem Privatvergnügen nach.«

»Wenn du das ein Vergnügen nennst, kennst du mich ziemlich schlecht.«

»Entschuldige.«

»Noch etwas. Du warst nie dabei, wie ich mit den Buben geredet habe.«

»Nein. Aber ich habe die Wirkung gesehen. Die Kinder sind in einer ausweglosen Situation, und du bringst sie dazu, sich dessen so richtig schön bewußt zu sein.«

»Im Gegenteil. Ich möchte ihnen heraushelfen.«

»Wenn du jetzt nicht lügst, dann war es die fürchterlichste Hilfe, die ich je erlebt habe.«

»Kannst du das wirklich beurteilen?«

»Wenn ich irgend etwas kann, dann das. Ich mag dich, Simon. Das wirst du inzwischen hoffentlich mitgekriegt haben. Aber der Gendarm, der so heißt wie du, wird mir mehr und mehr zuwider.«

»Du hast es aber mit uns beiden zu tun, Karin. Und das wird immer so sein.«

»Dann möchte ich mit beiden lieber nichts mehr zu tun haben.«

»Ein für allemal?«

Karin gab keine Antwort. Sie ging einfach. Sie rannte nicht, sie heulte nicht, sie warf auch die Tür nicht ins Schloß.

Nieder mit Einstein

Simon Polt hatte sich in den letzten Tagen verändert. Seinen Dienst versah er mustergültig, aber unpersönlich, und seine freundliche Gutmütigkeit war ihm irgendwie abhanden gekommen. Sogar Czernohorsky bekam das zu spüren. Er wurde bestens versorgt, aber entschieden zu wenig gekrault und gestreichelt. Polt ging nicht mehr ins Wirtshaus, kochte aber auch nicht für sich, ein paar Wurstsemmeln zwischendurch mußten genügen.

Außerdem war er einer merkwürdigen Bastelarbeit nachgegangen und hatte sich einen Robisch geschnitzt. Für alle Ereignisse, die außer Zweifel standen, zog er einen Strich über beide Hölzer: Gegen zwei Uhr hatte er mit Willi und Karl Gapmayr oben *am todten Hengst* geredet. Etwa eine

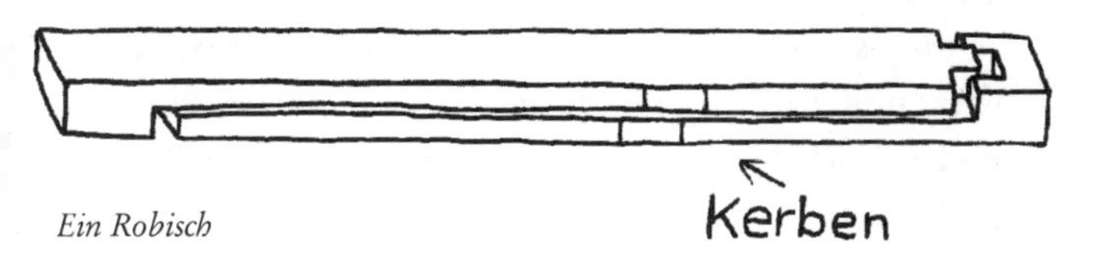

Ein Robisch

halbe Stunde später war er mit Sepp Räuschl in den Keller gegangen und hatte dann gegen drei Uhr sein zerstörtes Fahrrad vorgefunden. Gegen halb sechs war die Nachricht vom Autounfall Breitwiesers eingetroffen, und etwa eineinhalb Stunden später hatte Karl Gapmayr den Tod von Willi gemeldet.

Mit Kreide markierte Polt dann auf einem der Hölzer Vermutungen und ungewisse Zeitpunkte. Anatol und René am Tatort. Vielleicht auch die Viererbande. Breitwiesers täglicher Spaziergang führte vorbei. Am bewußten Tag war er allerdings mit dem Auto unterwegs gewesen. Wer wann noch? Wann war Willi gestorben? Aber so sehr Polt auch grübelte, mit theoretischen Überlegungen kam er nicht weiter.

Von Karin Walter hatte er seit dem Streit nichts mehr gehört, wußte aber, daß die vier Buben regelmäßig in die Schule kamen. Polt beschloß, sich das alte Zollhaus näher anzuschauen. Das Gebäude stand immerhin auf der Liste der Viererbande, und dann war ja noch die Sache mit den eingeschlagenen Fenstern passiert. »Professor« nannten die Bauern den alten Mann, der dort seit Jahrzehnten lebte.

Polt machte sich also in der dienstfreien Zeit erst einmal auf den Weg nach Brunndorf, wo er die Gemischtwarenhandlung betrat. Frau Habesam beendete auffallend rasch ihr intensives Gespräch mit einer dicken Frau mittleren Alters und warf dem Gendarmen einen schnellen abschätzenden Blick zu. »Gut schauen wir aber nicht aus, mein Lieber!«

»Ich bin hier zum Einkaufen und nicht zur Behandlung, Frau Habesam.«

»Und eine Laune hat der junge Mann, schauderhaft. Vielleicht hängt es damit zusammen, daß Karin Walter nur noch ihr eigener Schatten ist?«

»Woher soll ich das wissen?«

»Ja, woher auch. Kann ich ihr was ausrichten? Auf mich hört sie manchmal.«

»Ich möchte bitte zwei Semmeln mit Käsewurst haben.«

»Mit Gurkerl?«

»Mit Gurkerl.«

Frau Habesam ging ans Werk. »Die vier Lausbuben können einem fast schon leid tun, was?«

Polt betrachtete mürrisch ein Rollmopsglas, das neben der altmodischen Registrierkasse stand. »Allerdings. Aber denen ist vorerst nicht zu helfen. Wenigstens ist nichts mehr vorgefallen in letzter Zeit, was einen noch mehr beunruhigen müßte.«

Frau Habesam legte mit spitzen Fingern Wurstblätter auf die Semmelhälften. »Ein Gefängnisfriede, Inspektor. Ich warte nur noch auf die Revolte.«

»Kommt auf die Wärter an.«

Die Kauffrau hob kriegerisch eine aufgespießte Essiggurke. »Wärter? Von diesen sogenannten Vätern reden Sie? Die waren doch selbst die ärgsten Banditen in der Schule.

Der Wieser Manfred hat nicht nur einmal den Hosenriemen des Lehrers zu spüren bekommen.«

»Und diese bewährten Erziehungsmethoden gibt er jetzt weiter, hm?«

Frau Habesam hatte ein gefährlich aussehendes Messer ergriffen und schnitt die Essiggurke mit der Geschicklichkeit eines chinesischen Kochs in dünne Scheiben. »Nach außen hin sind die Leute im Dorf friedlicher geworden. Aber wenn niemand zuschaut... Ich könnte Ihnen Geschichten erzählen, Inspektor. So, fertig, ihr Junggesellenmenü. Haben Sie übrigens vom Mordfall in Kirchtal gelesen? Ein altes Ehepaar, er 79, sie 75. Haben zusammengelebt wie die Turteltauben, sagen die Nachbarn. Und eines Nachts erwürgt er seine Frau und hängt sich dann auf. Möchten Sie auch noch was zu trinken dazu?«

»Wie? Ach so. Nein.« Polt hatte einige Mühe, Frau Habesams Gedankensprüngen zu folgen. Sie gab die nachlässig eingewickelten Wurstsemmeln in einen Papiersack und schob ihn über den Ladentisch. »Nach dem Krieg war's natürlich am ärgsten. Die Russen haben geplündert, gesoffen und vergewaltigt, die Wiener haben uns das Essen abgeschachert, und die ehemaligen Nazis haben ihre Spuren verwischt. Überall Heimlichkeiten, Verrat, Betrug und Gewalt. Ein Menschenleben hat wenig gegolten.«

»Was war eigentlich mit Ihnen damals, Frau Habesam?«

»Mit mir? Schleichhandel mit dem Russenlager. War nicht ungefährlich, hat aber ganz schön was eingebracht.«

Polt überlegte. »Damals ist ja auch der Willi vor die Haustür von Frau Raab gelegt worden.«

»Ich kann mich erinnern.« Frau Habesams Elsterngesicht wirkte jetzt weicher. »Sauber eingepackt war der Bub, als hätte ihn die Mutter gar nicht gerne hergegeben. Frauen sind eben doch die besseren Menschen, Inspektor, auch wenn sie Unrecht tun.«

»Wie Sie meinen. Was bin ich schuldig?«

»21 Schilling. Wenn Sie's bitte klein haben. Wenig Wechselgeld in der Kasse. Und wohin geht die Reise?«

»Zum alten Zollhaus.«

»Zum Professor? Na fein. Der ist in den 60er Jahren ins Dorf gekommen. Er hat den Traktor gelenkt, auf dem Kotflügel ist noch jemand gesessen, und auf dem Anhänger war eine riesige schwarze Maschine. Ein richtiger Spinner. Sie werden ja sehen!«

Polt folgte von Brunndorf aus einem Güterweg in nordöstlicher Richtung und hielt vor einem düster wirkenden zweistöckigen Gebäude. An der Schmalseite des Hauses war in riesigen Buchstaben und Zahlen eine Formel aufgemalt, mit der Polt nichts anzufangen wußte. Er trat näher. In einem kleinen Behälter an der Tür lagen Flugblätter. »Nieder mit Einstein!« las Polt und »Die etablierte Wissenschaft widerlegt sich selbst.« Er spähte ins Innere und sah eine große Druckerpresse, auf dem Boden lagen Papierbögen und waren Schachteln gestapelt.

»Schönen guten Tag, mein Herr!«

Polt schrak zusammen, als er die Stimme hinter sich hörte, drehte sich um und schaute einem stämmigen weißhaarigen Mann ins Gesicht. »Grüß Gott, Herr... Wehdorn, nicht wahr?«

»In der Tat. Dieter Wehdorn ist mein Name.«

»Grüß Gott also. Und entschuldigen Sie meine Neugier.«

Die Augen des alten Mannes funkelten belustigt und offensichtlich auch ein wenig boshaft. »Es gibt nichts zu entschuldigen. Wer nicht mehr neugierig ist, ist so gut wie tot. Außerdem sind Sie Gendarm. Demnach ist Ihre Neugier sogar dienstlich.«

»Sie kennen mich?«

»Nein. Aber Sie haben die Augen eines Gendarmen. Es gibt Berufsaugen, wissen Sie. Fotografen haben zum Beispiel auch welche, oder Uhrmacher, oder Politiker.«

»Aha.« Polt war überfordert.

»Und Sie kommen im Zusammenhang mit den Untaten dieser vier Lausbuben?«

»Sind Sie Hellseher?«

»Nein, Physiker. Aber ich hatte nur einmal in meinem Leben Kontakt mit der Gendarmerie. Das war, als mir die kleinen Kerle alle Fenster zerschossen haben. Reife Leistung übrigens. Es sind 48 Stück. In nicht einmal fünf Minuten war das Spektakel vorbei. Inklusive Absetzbewegung.«

»Warum haben die Buben das getan? Was glauben Sie?«

»Aus Lust an der Zerstörung. Es gibt in der Entwicklung von Kindern nun einmal eine destruktive Phase. Und da ist kein Haus weit und breit, bei dem man ungestört so viele Scheiben zertrümmern könnte.«

»Hat wenigstens eine Versicherung den Schaden bezahlt?«

»Versicherung? Daß ich nicht lache. Meine Kinder haben mir geholfen. Die üben gottlob bürgerliche Berufe aus. Und was die vier Bengel angeht, werden sie schon auch noch zahlen.«

»Und wie stellen Sie sich das vor, Herr Wehdorn?«

»Ich warte, bis sie älter geworden sind und fähig einzusehen, was sie angerichtet haben. Dann werde ich mit denen in aller Ruhe reden. Aber wollen Sie nicht ins Haus kommen?«

»Gerne, ja.« Polt folgte ihm. »Ich frage jetzt einmal ganz dumm. Die Leute nennen Sie Professor. Sind Sie denn einer?«

»Ach wo. Einmal während meines Studiums hätte ich die Chance auf einen Assistentenposten bei einem berühmten Dampfmaschinenkonstrukteur gehabt. Ich habe nein gesagt, weil ich ungebunden bleiben wollte. War vielleicht ein Fehler.«

»Und was haben Sie gegen Einstein?«

»Ich weise ihm elementare Rechenfehler nach. Das macht ihn mir mehr als verdächtig, ob Genie oder nicht.«

»Jetzt möchte ich noch etwas wissen. Die Formel, draußen an der Wand?«

»Bradleys Aberrations-Cosinus. Waren Sie nie in der Schule?«

»Schon, aber in Physik war ich noch schwächer als in den anderen Gegenständen.«

»Immerhin dienen Sie der Menschheit und haben ein geregeltes Einkommen. Ich drucke eine wissenschaftliche Zeitschrift, die kein Mensch liest, und schreibe Bücher, die kein Mensch kauft. Nicht schlecht, was?«

»Und wovon leben Sie? Bitte nehmen Sie's nicht persönlich.«

»Warum? Eine berechtigte Frage. Das meiste von dem, was meine Frau und ich so brauchen, gibt der Garten her. Und manchmal bringt meine Arbeit ja doch was ein.«

»Ihre Frau? Kein Mensch hat mir gesagt, daß Sie verheiratet sind.«

»Und wie ich verheiratet bin. Seit 62 Jahren, sieben Monaten, drei Wochen und zwei Tagen übrigens. Meine Frau regiert den ersten Stock. Hier unten herrscht mein Chaos, oben ihre Ordnung. Wollen Sie hinaufkommen?«

»Ein anderes Mal gerne. Ich bin unter Druck.«

»Sie sind verspannt und stur unterwegs, Inspektor. Das ist kontraproduktiv.«

»Danke. War ein guter Tip.«

Polt radelte zurück nach Brunndorf. Diesmal war Friedrich Kurzbacher zu Hause. Er stand im Hof und goß mit trüber Miene Blumen, die in einem mit Erde gefüllten Autoreifen wuchsen. »Grüß dich, Simon. Ruhig ist es geworden hier. Keine Hühner, keine Ziegen, keine Schweine mehr. Es war viel Arbeit mit den Viechern, aber ein anderes Leben war es auch.«

»Wo ist deine Frau?«

»Auf dem Friedhof, die Mutter gießen. Seit einem Jahr liegt sie jetzt draußen. Ich war übrigens auf dieser Weinkost in Burgheim, Simon, und da hat mir einer was erzählt.«

»Laß hören.«

»Na, er wollte an dem Tag, der dich interessiert, am Abend gegen sieben gerade mit der Arbeit aufhören. Er war in seinem Weingarten am unteren Ende der Kellergasse. Plötzlich hat er den Klaus und seine Freunde den Hang herunterlaufen gesehen. Gerade so, als ob der Teufel hinter ihnen her gewesen wäre.«

Polt kratzte sich am Kopf. »Danke, Friedrich. Das bringt mich weiter. Und durcheinander bringt es mich auch.«

Die Symbionten

»Grüß Gott, Herr Inspektor Polt! Haben Sie vielleicht ein paar Minuten Zeit?« Frau Raab stand vor der Burgheimer Apotheke und hob eine kleine Schachtel hoch. »Hustensaft. Gestern hat's mich erwischt, hab kaum schlafen können in der Nacht. Und wenn einmal die Hausmittel nicht mehr angreifen, muß eben die Chemie her.«

»Na, dann gute Besserung!« Polt stieg vom Fahrrad. »Und was wollen Sie von mir, Frau Raab?«

»Gar nichts. Ich habe was für Sie. Aber Sie müssen mitkommen. Es liegt bei mir zu Hause.« Sie kicherte. »So lockt man junge Männer an, nicht wahr?«

»Sie wissen eben, wie's geht, Frau Raab.«

Wenig später saß ihr Polt am Küchentisch gegenüber. Sie öffnete eine Lade und kramte darin. »Ich war ganz sicher, daß ich es da hineingelegt habe. Haltaus, da ist es schon.« Triumphierend hielt sie Polt ein kleines Foto hin. »Ich habe einfach darauf vergessen, Ihnen davon zu erzählen. Aber es läßt eben schon gewaltig nach, da oben.« Sie tippte an die Stirn. »Das Bild ist in den Windeln vom Willi gesteckt, als ich ihn gefunden habe. Komisch, nicht wahr?«

Polt nahm das Foto in die Hand. Es war stark verblichen und abgeschabt. Doch er konnte den Kopf eines jungen Mannes erkennen. Ein akkurater Mittelscheitel durchzog das helle Haar, und das Gesicht zeigte einen ernsten, entschlossenen Ausdruck. Vergeblich versuchte Polt den völlig verwischten Stempelabdruck auf der Rückseite des Fotos zu entziffern.

Frau Raab rückte mit ihrem Sessel dicht an ihn heran. »Als der Willi dann älter war und mich so halbwegs verstanden hat, habe ich ihm das Foto gegeben und dazu gesagt, daß es seinen Vater zeigt. Ob er es nun war oder nicht. Willi, habe ich oft erzählt, eines Tages kommt dein Vater und holt dich mit einem großen weißen Auto ab. Er ist nämlich ungeheuer reich und sehr traurig, daß er dich verloren hat. Überall sucht er dich auf der Welt. Na, so ganz wird der Willi die Geschichte nicht begriffen haben. Jedenfalls hat er das Bild von da an immer bei sich getragen, es war sein größter Schatz. Darum kann man auch fast nichts mehr sehen darauf.«

»Haben Sie das Foto damals, als es noch neu war, genauer angeschaut, Frau Raab?«

»Und ob ich das genau angeschaut habe! So ein schneidiger Kerl, und läßt die Mutter von seinem Kind im Stich! Aber es kann natürlich auch anders sein. Vielleicht ist er im Krieg gefallen, und die junge Frau hat sich nicht mehr zu helfen gewußt.«

»Und das Gesicht ist Ihnen nicht irgendwie bekannt vorgekommen?«

»Nein, das hat mich ja so gewundert. Ich habe als junges Mädchen die Burschen im Dorf und aus der Umgebung natürlich gekannt, und ein paar von denen habe ich verteufelt gut gekannt!«

»Aber!«

»Was wollen Sie, Herr Inspektor. Das war in der schlechten Zeit so ziemlich das einzige Vergnügen. Aber der da auf dem Foto war keiner aus der Gegend. Er hat einen gestutzten Bart auf der Oberlippe getragen. Das war bei unseren Burschen so gar nicht der Brauch. Und noch etwas ist mir aufgefallen, jetzt kommt es mir wieder: Unter einem Auge hat man ein kleines Muttermal erkennen können – ist ja nicht so häufig.«

»Es waren ja auch viele Fremde im Dorf, in der Zeit nach dem Krieg, nicht wahr?«

»Besatzungssoldaten natürlich, leider. Jaja, ein paar Russenkinder werden heute schon noch leben. Und dann die hungrigen Leute aus der Stadt. Aber den auf dem Foto habe ich nie gesehen.«

Der Gendarm schaute nachdenklich auf das Stück Papier. »Hat es öfter solche Findelkinder gegeben, damals?«

Frau Raab hustete. »Damals und nachher auch noch, bis in die 60er Jahre. Die Männer haben ihren Spaß mit den Mädchen gehabt, und die sind dann verzweifelt mit den Bälgern dagestanden, ohne Ehe, ohne Beruf und bettelarm. Da hat man schon auf Ideen kommen können. Bei mir hat's gottlob nie eingeschlagen.« Sie schob das Foto zu Polt hin. »Sie können es gerne haben. Mir bedeutet es nichts. Ob das jetzt der Vater war oder nicht, dem tut wahrscheinlich schon lange nichts mehr weh.«

»Da haben Sie vermutlich recht, Frau Raab. Dann sage ich eben Dankeschön.«

»Sie gehn schon wieder?«

»Ja, leider. Ich muß ja noch ein bißchen arbeiten, bis zur Pensionierung.«

»Auch wieder wahr.« Frau Raab tätschelte ihn aufmunternd. »Gehn Sie nur schön meine Rente verdienen!«

Polt nahm das Foto, trat vors Haus, und bevor er es in die Rocktasche steckte, warf er noch einen Blick darauf. »Wenn ich nicht wüßte, daß es absolut keinen Sinn ergibt«, sagte er zu sich selbst, »würde ich meinen, daß der Herr Frieb einmal so ausgesehen hat.«

Dann schaute er auf den Gepäckträger des Fahrrades, sah dort den braunen Papiersack mit den zwei Wurstsemmeln, nahm eine davon heraus und begann gedankenverloren zu essen, während er langsam durch Burgheim fuhr. Es war ein Wesensmerkmal von Semmeln aus Aloisia Habesams Kaufhaus, daß sie von blaßgelber bis weißlicher Färbung waren und, gleichviel zu welcher Tageszeit sie gekauft wurden, die Konsistenz eines zu fest geratenen Erdäpfelknödels hatten. Neu für Polt war ein deutlich seifiger Geschmack der Käsewurst. Nach ein paar Bissen hörte er auf zu essen. Er dachte an den gelehrten Herrn Wehdorn im Zollhaus und daran, wie er sich mit seiner Frau tapfer und frohgemut durchs Leben schlug. Entschlossen bog Polt Richtung Kirchenwirt ab und betrat die Gaststube. Franzgreis schaute ihm erstaunt entgegen. »Simon Polt! Ein seltener Besuch in letzter Zeit!«

»Wird schon wieder werden. Hast du einen Abnehmer für zwei ungenießbare Wurstsemmeln?«

»Natürlich. Die Asta, meinen Prachthund. Die hat das dem Kommissar Rex abgeschaut.«

Polt grinste. »Da sieht man wieder, wie schädlich Fernsehen für Hunde ist. Ein großes Bier bitte. Und ein großes Gulasch.«

»Mit Habesam-Semmeln?«

»Nein, du Ekel. Mit einem Knödel, einem großen.«

Polt aß mit Behagen. Er war immer noch bedrückt, aber es ließ sich aushalten. »Bis bald, Franzgreis!« Er begab sich nach Hause und sah mit Freude seinen Kater schnurrend auf der Fensterbank liegen. Dann nahm er den Robisch und zog zwischen den Linien, die Breitwiesers Unfall und die Meldung Gapmayrs betrafen, einen Kreidestrich für die flüchtende Bubenbande. »Ich weiß nicht, mein Guter, wie das zusammenpassen soll«, sagte er zu Czernohorsky, und der Kater gähnte.

»Was Neues?« Ausgeschlafen trat Polt am nächsten Morgen seinen Dienst an. Ernst Holzer, der eine lange Nacht hinter sich hatte, gähnte. »Wie man es nimmt, Simon. Der Sohn von unserem verehrten Herrn Bürgermeister hat zum dritten Mal den Führerschein abgeben dürfen. An der Grenze wurden 18 Koreaner aufgegriffen, der Schlepper ist natürlich auf und davon. Die Frieb-Brüder haben sich ungewöhnlich friedlich in der Burgheimer Kellergasse niedergesoffen und sind zu Hause abgeliefert worden. Ja, und in einem Stadel sind Kinder beim Zündeln erwischt worden, leider zu spät: Die Feuerwehr hat ausrücken müssen. Deine vier Helden waren es aber nicht. Also, ich geh dann.«

Polt sah die am Vortag erschienene Ausgabe der Lokalzeitung auf einem der Schreibtische liegen. Er nahm sie, goß Kaffee aus der Filtermaschine in eine dickwandige Tasse und machte sich an die dienstliche Morgenlektüre. Die Bezirkshauptstadt Breitenfeld und ihre Katastralgemeinden hatten Streit wegen der Planung ihrer Kläranlagen, die

Feuerwehr von Burgheim war mit einer Übung erfolgreich gewesen, und das renovierte Steinkreuz vor der Kellergasse von Brunndorf war feierlich eingeweiht worden. Und da war ja auch schon der Zeugenaufruf zu finden, um den Polt den Redakteur gebeten hatte. »Licht ins Dunkel!« war die feinsinnige Titelzeile. Darunter stand zu lesen:

Nach wie vor ist jener bedauerliche Unfall, bei dem am 2. April gegen 17.30 in Brunndorf der Frühpensionist Rudolf Riebl durch den Zusammenstoß mit dem Auto des Gutshofpächters Horst Breitwieser getötet wurde, nicht restlos geklärt. Die Gendarmerie Burgheim ersucht allfällige Zeugen, sich zu melden.

Polt klappte die Zeitung zu. Man würde ja sehen. Gegen Mittag zeigte der Aufruf dann tatsächlich Wirkung. Hans Hofbauer und Herbert Gratzl betraten das Wachzimmer. Sie betraten es eigentlich nicht, sondern sie navigierten gemeinsam. Polt kannte die beiden natürlich. Schon seit Jahren waren sie unzertrennlich, allerdings nicht aus Sympathie zueinander, sondern in einer durchaus nützlichen und vielfach bewährten Symbiose. Hans Hofbauer war eigentlich nie wirklich nüchtern, dafür aber um so häufiger stockbetrunken. Herbert Gratzl hingegen trank kaum etwas und war ein heller Kopf, hatte aber böse Probleme mit den Augen und konnte trotz dicker Brillengläser kaum noch etwas erkennen. Also stützte er seinen scharfäugigen, wenn auch häufig schwankenden Partner, der ihm seinerseits berichtete, was es so zu sehen gab.

»Ist das Inspektor Polt?« Gratzl gab dem Hofbauer einen ungeduldigen Stoß.

»Immer mit der Ruhe.« Der Hofbauer, noch relativ

nüchtern, schob seinem Begleiter einen Sessel hin, stellte auch für sich einen vor Polts Schreibtisch und ließ sich mit einem Schnaufer nieder. »Ah, das tut gut. Du immer mit deiner Herumrennerei. Unsereins kommt ja kaum zum Sitzen.«

»Erst vor zehn Minuten hast du beim Kirchenwirt deinen fetten Hintern gehoben.«

»War wahrscheinlich ein Fehler.« Hofbauer schaute Polt aus naß glänzenden Augen an. »Gibt es eine Belohnung?«

»Wofür?«

»Na, wenn man was gesehen hat, damals bei dem Unfall in Brunndorf.«

»Nein, da gibt's keine Belohnung. Über ein Viertel Grünen beim Kirchenwirt ließe sich reden.«

Hofbauer stieß Gratzl an. »Da hast du's. Den Gewaltmarsch hätten wir uns sparen können.«

Herbert Gratzl seufzte. »Mit dir steht man ja schön da. Wir tun einfach unsere Pflicht, wie sich das so gehört. Gibt es wirklich keine Belohnung, Herr Inspektor?«

Polt wurde schon langsam unruhig. »Nein, wirklich nicht. Und warum kommt ihr erst jetzt?«

»Wer hat schon gern mit der Gendarmerie zu tun.« Gratzl warf seinem Begleiter einen mißbilligenden Blick zu. »Der da schon gar nicht. Aber der alte Breitwieser hat uns mehr und mehr leid getan. Wo man doch weiß, was der Riebl Rudi für einer war. Also, das war so. Wir sind am Ortseingang von Brunndorf vor dem Hof vom Schachinger gestanden, hab ich recht, Hans?«

»Sollst recht haben, meinetwegen.«

»Dann habe ich den Hans gebeten, daß er schauen soll,

ob wir über die Straße gehen können. Nein, hat er gesagt, der alte Kübel vom Breitwieser kommt. Stimmt's, Hans?«

»Frag mich nicht dauernd, wenn du's eh weißt.«

»Jetzt mußt ohnehin du weitererzählen.«

»Klar, wer braucht dich schon. Also, ich schau dem Auto vom Breitwieser nach.«

»Wie nüchtern?« Inspektor Polt rückte einen Notizblock zurecht.

»So gut wie. Und unterbrechen Sie mich nicht immer, Herr Inspektor, sonst verlier ich noch den Faden. Ich schau also dem komischen Vehikel nach und seh ein paar Meter weiter vorn den Riebl Rudi auf seinem Moped. Der Breitwieser hat gehupt.«

»Wie oft?«

»Wie oft, wie oft. Dreimal wahrscheinlich. Aber jetzt kommt es: Der Riebl Rudi hat sich auf das Hupen hin zum Breitwieser umgedreht. Und dann erst hat er das Moped verrissen und ist vors Auto gefallen. Der Hund hat's drauf angelegt, wenn Sie mich fragen.«

Polt schrieb eifrig mit. »Da könnten Sie allerdings recht haben, Herr Hofbauer. Fragt sich nur, welcher Hund.«

Über den Fluss und in die Wälder

Gegen zwei Uhr kam Dienststellenleiter Harald Mank aus seinem Büro. »Simon, es geschehen Zeichen und Wunder. Herr Frieb hat mich gerade angerufen. Richtig höflich war er. Er hätte gerne mit dir gesprochen, wenn es deine Zeit erlaubt. Das sind ganz neue Manieren. Sag, hast du etwas mit dem angestellt?«

»Ich? Nein.« Simon Polt gab seinem Vorgesetzten die Niederschrift von Hans Hofbauers Aussage. »Das bringt uns vermutlich ein gutes Stück weiter.«

Harald Mank las und nickte. »Ein geschickter Anwalt kann daraus schon etwas machen, im Sinne Breitwiesers, meine ich.«

»Wenn der sich einen Anwalt leisten kann. Übrigens was dagegen, wenn ich nachmittag kurz zum Runhof fahre? Ich möchte wissen, wie es den alten Leuten da draußen so geht.«

»Nur zu. Aber vorher würde ich an deiner Stelle ja doch noch den Herrn Frieb besuchen. Auch wenn er Kreide gefressen hat, sollte man ihn nicht zu sehr warten lassen. Ich werde dich für halb drei anmelden, recht so?«

»Freilich. Für ein Gespräch mit liebenswerten Menschen bin ich stets zu haben.«

Als Simon Polt pünktlich läuten wollte, bemerkte er, daß ihm Paul Frieb durch den Garten entgegenkam. »Guten Tag, Herr Inspektor, und danke, daß Sie so rasch gekommen sind. Bitte folgen Sie mir.«

Diesmal führte der Weg ins Wohnzimmer, einen kühl und sachlich wirkenden Raum, in dem Weiß und Schwarz dominierten. Frieb wies auf einen der schweren Lederfauteuils. »Bitte, nehmen Sie Platz.« Er setzte sich Polt gegenüber und schwieg lange. Dann beugte er sich vor und schaute dem Gendarmen forschend ins Gesicht. »Die Situation ist für mich ungewöhnlich. Ich weiß nicht recht, wie ich beginnen soll. Nun gut. Vielleicht so: Als wegen der lebensgefährdenden Manipulation an Frau Walters Fahrrad Anzeige erstattet wurde, habe ich mich erkundigt, wie die Sache läuft. Mir stehen da einige Möglichkeiten offen. Und ich habe versucht, ein wenig auf das Verfahren Einfluß zu nehmen. Verstehen Sie mich recht, Inspektor, nicht um einen ungesetzlichen Vorteil herauszuschlagen, sondern um zu verhindern, daß Sie in Ihrem Rachedurst überreagieren. Das war unnötig. Ich bitte Sie, meine Einmischung zu entschuldigen.«

Simon Polt hatte mit wachsendem Erstaunen zugehört und neigte nun höflich den Kopf.

Paul Frieb lächelte unsicher. »Wegen dieses Überfalls in der Kellergasse gibt es noch keine Anzeige, wie?«

Jetzt grinste Polt. »Ja wissen Sie, Herr Frieb, das ist so. Ärztliche Hilfe hat niemand in Anspruch nehmen müssen. Was die blauen Flecken angeht, war ich mit Ihren Söhnen am Ende ziemlich quitt, und es ist ja dann fast noch ein netter Abend geworden.«

»Sie sind ein seltsamer Mensch. Ich hatte am Tag darauf mit Anatol und René ein Gespräch, auch wenn deren Ausdrucksweise eine differenzierte Kommunikation a priori ausschließt.«

Abermals neigte Polt den Kopf.

»Aber es war das erste Mal seit langem, daß ich Antworten auf Fragen bekam. Na ja«, Paul Frieb erhob sich und machte ein paar rasche Schritte, »es kommt alles ein wenig spät. Aus mir wird bestimmt kein umgänglicher alter Herr, und Anatol und René werden Anarchisten bleiben, wenn auch vielleicht irgendwann mit gerundeten Kanten.« Paul Frieb ging zur Bücherwand. »Ich habe in meinen letzten

Berufsjahren ein Buch geschrieben, und ich möchte, daß Sie es bekommen.« Er nahm einen Band aus dem Regal, trat an ein modernes Stehpult, griff zu Brille und Feder, signierte das Buch und überreichte es Polt. »Danke, Herr Inspektor.«

Als der Gendarm das Haus verlassen hatte, blieb er kurz stehen und warf einen Blick auf den Titel. »Paul Frieb: Rationale Unternehmensführung im Lichte dynamischer Investitionsrechnungsverfahren.« Und keine Karin Walter weit und breit, die Notiz davon nehmen könnte, was Simon Polt zur Zeit so las.

Der Gendarm berichtete seinem Vorgesetzten, zeigte sein Buch her und fuhr dann zum Runhof. Er nahm nicht den kürzesten Weg, sondern folgte jener Strecke, die er gemeinsam mit Horst Breitwieser gewählt hatte, als sie spätabends auf der Suche nach dessen Frau gewesen waren. In der Burgheimer Kellergasse sah er kaum Menschen, oberhalb, im Hügelland zur Grenze hin, waren in weiter Entfernung zwei spielzeugkleine Traktoren zu erkennen, die sich ganz langsam bewegten. Maschinen hatten die vordem gesellige Arbeit auf dem Feld und im Weingarten einsam werden lassen. In den Traktorkabinen sorgten Kofferradios für lautstarken Zeitvertreib.

Gegen Ende Juni war das Land schon üppig grün, die Holundersträucher und die Akazien standen in voller Blüte. Polt fuhr sehr langsam, hatte das Seitenfenster heruntergekurbelt und ließ sich vom warmen, duftenden Fahrtwind streicheln. Am Runhof angelangt, sah er das Tor offenstehen. Niemand schien diesmal sein Kommen erwartet zu haben. Es war sehr still, nur ein paar Grillen zirpten. Der riesige Innenhof war leer. Polt schaute durch die offene Küchentür. Niemand war zu sehen. Dann hörte er einen halblauten Ruf. Er drehte sich um und erblickte Herrn und Frau Breitwieser vor dem Stall. Als Polt näher kam, bemerkte er, daß sie ärmliche Arbeitskleidung trugen. Beide waren sehr schmutzig und wirkten erschöpft. »Guten Tag, Herr Inspektor.« Breitwieser wischte sich den Schweiß aus den Augen. »Die Götterdämmerung habe ich mir immer heroischer vorgestellt.« Seine Frau stand ein paar Schritte abseits und schaute zu Boden.

»Ich verstehe nicht...«

»Fritz Brenner hat uns verlassen. Wir haben es nicht gleich entdeckt, weil er stets im Stall schlief, aus freien Stükken, wie ich hinzufügen möchte. Das war seine Welt. Er hat sich dort auch die Mahlzeiten selbst zubereitet. Wir haben ihn oft tagelang nicht zu Gesicht bekommen. Meine Frau hat ihn mit frischer Wäsche versorgt und seine Kleidung geflickt. Als sie heute morgen nach ihm sehen wollte, war er nicht mehr da.«

»Vielleicht hat er nur eine Besorgung zu machen und kommt wieder.«

»Nein. Er hat den Gutshof nie verlassen, nicht einmal für eine Stunde. Der kommt nicht wieder. Ich kenne ihn gut. Er hat einen stählernen Willen.«

»Ja, aber«, Inspektor Polt war verwirrt, »warum entschließt sich so ein Mensch zu gehen, nach all den Jahren?«

Breitwieser lächelte bitter. »Fragen Sie lieber, warum er so lange geblieben ist. Wir konnten ihm ja kaum etwas für seine Arbeit bezahlen. Vielleicht hat es ihm etwas bedeutet, daß ich auf Gedeih und Verderb auf ihn angewiesen war. Aber es ist wohl jetzt müßig herumzureden. Ich habe eine Bitte an Sie, Inspektor. Wenn Sie mich in mein Arbeitszimmer begleiten, kann ich Ihnen die Telefonnummer der Gutsverwaltung geben. Ich ersuche Sie, dort anzurufen. Es muß ja wohl das Vieh abgeholt und alles übrige mit uns geregelt werden.«

Polt folgte Horst Breitwieser ins Haus. Als die beiden in den Hof zurückkehrten, war die Frau des Pächters schon wieder im Stall. Der Gendarm schob den Zettel mit der Telefonnummer in eine Uniformtasche. »Ich erledige das für Sie.«

»Sehr freundlich, es hat keine große Eile. Im Gegenteil, erwähnen Sie bitte auch, daß wir gerne noch ein paar Tage Zeit hätten. Die Tiere sind gesund, aber der Stall ist in einem schrecklichen Zustand. Fritz Brenner hat wohl nicht viel Wert auf Ordnung und Sauberkeit gelegt. Dieses Bild können wir niemandem zumuten, schon gar nicht dem Gutsherrn.«

»Alles klar. Gehen Sie es nur nicht zu wild an. Sie und Ihre Frau sind nicht mehr die Jüngsten. Und noch etwas. Es betrifft Ihren Unfall. Ich darf nicht aus der Schule plaudern, aber es sieht ganz so aus, als hätten wir einen Zeugen gefunden, der Sie weitgehend entlastet.«

»Das glaube ich nicht.«

»Wie Sie meinen. Wenn ich Ihnen irgendeinen Weg abnehmen kann...«

»Niemand kann mir etwas abnehmen, Inspektor. Sie haben ohnedies schon die Ehre, jenes Telefonat zu führen, das unseren Wahn vom stolzen Bauernleben beendet. Und jetzt entschuldigen Sie mich bitte. Es wartet jede Menge Drecksarbeit auf mich.«

Polt hatte noch lange den durchdringenden Geruch nach Jauche und Stallmist in der Nase, als er Richtung Brunndorf fuhr. Vor Aloisia Habesams Kaufhaus machte er halt. »Gibt es etwas Neues, das mich interessieren könnte?« rief er durch den Türspalt.

»Und wenn es das gäbe, warum fragen Sie mich danach? Mir sagt ja keiner etwas. Aber kommen Sie nur herein, Inspektor.« Aloisia verzog das Gesicht. »Sie riechen nach Stall, mein Bester.« Polt schnupperte an der Hand, die er Breitwieser gegeben hatte. »Tatsächlich. Ich war im Runhof, Frau Habesam.«

»Noch immer diese Unfallgeschichte, wie?«

»Ja, auch.«

»Sie sind wieder einmal sehr gesprächig. Jedenfalls ist es schade, daß der Runhof so heruntergekommen ist. Was haben die dort nicht alles probiert, seit dem Krieg. Eine neue Schweinerasse gezüchtet, riesenhaft groß waren die Tiere und so empfindlich, daß sie mit Herzschlag tot umgefallen sind, wenn im Herbst die Jäger geschossen haben. Dann waren wieder Hunderte von Truthähnen dort, kein Mensch weiß, was aus den häßlichen Viechern geworden ist. Und jetzt geht wohl schön langsam alles zu Ende.«

»Kann gut sein. Auf Wiedersehen also, Frau Habesam, ich muß jetzt weiter.«

In der Dienststelle erwartete ihn Harald Mank und musterte seinen Kollegen argwöhnisch. »Hast du mir wirklich alles erzählt, was bei diesem Herrn Frieb los war?«

»Alles. Warum hätte ich etwas verschweigen sollen, es ist ja durchaus erfreulich gelaufen.«

»Hm, ja. Weißt du, dieser Vorgesetzte, dessen Anruf mir neulich einiges Bauchweh verursacht hat...«

»Was ist mit dem?«

»Er hat schon wieder angerufen. Man sei höchsten Ortes sehr erfreut über unsere professionelle Arbeit, ließ er mich wissen.«

»Na, ist doch alles bestens.«

»Natürlich. Und dann hat er noch etwas gesagt.«

»Du wirst es mir verraten.«

»Ungern. Dieser Simon Polt, hat er gesagt, verdient besonderes Lob, und man werde sich gegebenenfalls daran erinnern.«

Polt wurde wieder einmal rot, und weil sein Dienst ohnedies zu Ende war, machte er, daß er nach Hause kam. Czernohorsky begrüßte ihn und erinnerte mit anklagenden Lauten an einen beschämend leeren Napf. Nach seiner Mahlzeit wagte der Kater einen vorsichtigen Sprung auf die Knie seines Ernährers. »Bravo, mein Alter!« Polt nahm Czernohorsky und drehte ihn vorsichtig auf den Rücken, um nach der Narbe zu sehen. »Na, du schaust aus. Ich würde mich genieren, mit so einem Bauch.« Der Kater genierte sich nicht, fuhr aber die Krallen seiner rechten Vorderpfote aus und gab Simon Polt eins über die Nase.

Der Gendarm war gerade dabei, mit einem Papiertaschentuch das Blut abzuwischen, als ihn das Telefon störte. Karin Walter war dran. »Die Scheiße ist komplett, Simon.« Ihre Stimme klang schrill.

»Was ist denn los, um Himmels willen?«

»Manfred Wieser hat mich eben angerufen. Es geht um die Kinder. Sie waren in der Schule, wie jeden Tag in letzter Zeit. Aber keiner der vier Buben ist zu Hause angekommen. Sie sind weg, Simon. Hoffentlich sehen wir sie wieder.«

Stille Post

»Meiner Meinung nach sind die vier Buben nicht unmittelbar in Gefahr. Beruhigt euch erst einmal.« Harald Mank schaute Simon Polt und Karin Walter über seinen Schreibtisch hinweg an. Polt hatte seinen Vorgesetzten während eines probiotischen Abendessens erreicht, und es war nicht allzu schwierig gewesen, ihn ins Wachzimmer zu locken. Mank erhob sich und trat zu einer Wandkarte, die das Wiesbachtal in allen Details zeigte. »Die Kollegen sind schon mit den Streifenwägen unterwegs. Viel werden wir aber heute nacht wohl nicht ausrichten, die Helden werden ein gutes Versteck haben, wie ich sie kenne.«

»Und wenn sie mit dem Bus Richtung Wien gefahren sind?« Polt spielte nervös mit einem Kugelschreiber.

»Sind sie nicht. Das wissen wir bereits. Und Autostop ist ziemlich unwahrscheinlich. Trotzdem habe ich zur Sicherheit Bescheid gegeben, auch an der Grenzstation. Aber die Buben verbergen sich irgendwo hier in der Gegend, da kennen sie sich aus. Wenn wir morgen nicht bald Erfolg haben, fordere ich jedenfalls Suchhunde an.«

»Das dritte große Geheimnis«, murmelte Polt.

»Das was?«

»Die Viererbande hat drei große Geheimnisse, Harald. Das zweite kenne ich, das dritte halb und das erste, das größte, müssen wir finden. Was dagegen, wenn ich einmal dieser Spur folge? Und zuvor möchte ich noch dem Manfred Wieser einen Besuch abstatten. Kommst du mit, Karin?«

»Ja.«

Harald Mank kehrte hinter seinen Schreibtisch zurück. »Ihr müßt eure Räder nehmen, Auto ist keins mehr da. Hier sind zwei Taschenlampen. Ich bleibe in der Dienststelle, als Nachrichtenzentrale.«

Simon Polt hatte lange und laut an das Hoftor geklopft, als Manfred Wieser endlich öffnete. Sein Atem roch nach Schnaps. »Sie haben in meinem Haus nichts verloren, Inspektor.«

Polt schob ihn zur Seite. »Irrtum, Herr Wieser. Heute bin ich offiziell da. Und Karin Walter steckt mit mir unter einer Decke, wie Sie wissen. Wo können wir reden?«

»Kommen Sie meinetwegen in die Küche.« Schwerfällig ging der Bauer voran und warf einen Haufen Arbeitskleidung von der Sitzbank auf den Fußboden, um Platz für den Besuch zu machen. Er selbst blieb stehen. »Und? Was jetzt?«

»Haben Sie eine Ahnung, wo sich die vier verstecken könnten?«

»Wenn ich das wüßte, Herr Obergescheit, hätte ich den Klaus schon an den Ohren aus dem Loch gezogen.«

»So, wie Sie ihn in die Schule geprügelt haben, nicht wahr?«

»Hat doch gewirkt, oder? Bei den anderen übrigens auch.«

»Ja, bis heute mittag. Und jetzt sind die Buben irgendwo allein mit ihrer Angst, und man muß das Schlimmste befürchten.«

Manfred Wieser kam drohend auf Polt zu. »So haben wir's gern. Erst Kinder verschrecken und dann den Eltern Vorwürfe machen.« Er nahm den Gendarmen am Hemd und zog ihn hoch.

Polt stieß den Wieser wütend von sich. »Zuschlagen ist wohl alles, was Ihnen einfällt, wie?«

»Das gibt eine Beschwerde.«

»Schon gut. Und jetzt denken Sie bitte einmal nach. Was hat denn der Klaus so geredet in der letzten Zeit? Hat er vielleicht etwas davon erzählt, was er und seine Freunde treiben und wo sie sich aufhalten, beim Spielen?«

»Erzählt? Der?« Manfred Wieser lachte. »Seit seine Mutter fort ist, vor ein paar Monaten, hat er nicht ein Wort mit mir geredet, immer nur blöd geschaut. Und jetzt verschwinden Sie endlich!«

»Nichts lieber als das.« Der Gendarm und die Lehrerin ließen Manfred Wieser allein.

»Wohin?« Karin Walter saß schon auf ihrem Fahrrad.

»Zur Wolkenburg. Eine Baumhütte in der Nähe der verlassenen Kellergasse zwischen Burgheim und Brunndorf.« Schweigend fuhren die beiden nebeneinander her und ließen dann die Räder am Beginn des Hohlweges zurück. Simon Polt ging voraus. »Nicht ausrutschen, es ist feucht hier. Und Vorsicht mit den Ästen, ein paar davon haben Dornen.«

»Ich kann schon auf mich aufpassen.«

Als sie die alte Kellergasse erreicht hatten, ließ Polt das Licht seiner Taschenlampe über die verfallenden Preßhäuser wandern. »Wie eine verwunschene Stadt, nicht?«

Karin Walter gab keine Antwort.

»Und das hier muß der zweite Eingang vom Gapmayr-Keller sein, ich hab dir davon erzählt. Halt, ich seh was!« Hinter dem Riegel der schweren Holztür steckten Wiesenblumen. »Seltsam. Der Gapmayr und Blumen!« Polt trat näher. »Sie sind noch nicht welk. Komm, wir müssen weiter. Da, links die Böschung hinauf. – Und jetzt noch ein paar Meter durchs Gestrüpp. – So, da ist ja schon die Strickleiter.« Polt kletterte hoch und Karin Walter folgte ihm. »Daß wir die vier vergeblich in der Hütte suchen würden, war dir wohl klar, hm?« Sie hatte die Beine angezogen und die Arme um die Knie gelegt.

»Das schon. Doch ich gehe davon aus, daß die Buben nach wie vor Wirklichkeit und Phantasie nicht auseinanderhalten.«

»Und das bedeutet?«

»Wir müssen mitspielen. Stell dir einmal vor, Karin: Vier verwegene Haudegen sind die heimlichen Herrscher des Wiesbachtales. Doch eines Tages geraten sie in eine ausweglose Situation. Ihr Ehrenwort untereinander oder das Bündnis mit einem bedrohlichen Partner soll Rettung bringen, doch es macht alles nur noch schlimmer. Die vier wissen, daß sie verloren haben, und geben auf.«

»Du vergißt deine Rolle in diesem Spiel, Simon.«

»Absichtlich, weil ich sie noch nicht einschätzen kann. Aber ganz abgesehen davon: Was werden die vier tun?«

»In den Untergrund gehen, um dort elendiglich, aber ehrenhaft zu verkommen. Oder um eines Tages als strahlende Helden zurückzukehren.«

»Meine ich auch. Aber vorher werden sie verschlüsselte oder versteckte Botschaften hinterlassen, als Hinweise darauf, daß man mit ihnen noch zu rechnen hat.«

»Die Blumen an Gapmayrs Kellertür?«

»Vielleicht. Aber vor allem werden sie an ihre geheimnisvollen Schlupfwinkel gedacht haben. Wo könnte hier etwas versteckt sein?«

»In den Spalten zwischen den Brettern.«

»Zu einfach. Ein doppelter Boden?«

»Zu kompliziert. Es mußte rasch gehen.« Karin schaute herum. »Vielleicht gibt es eine Aushöhlung im Baum?«

»Nicht schlecht. Wenn du einen dumpfen Fall hörst: Das war ich.« Polt kletterte nach außen und kam nach einiger Zeit enttäuscht wieder. »Nichts. Was jetzt? Wir können nicht ewig hier herumsitzen. Sag was, Karin.«

»Laß mich. Ich denke eben darüber nach, wie und wo Schüler ihre Schummelzettel verstecken. – He, manchmal sind sie ja gar nicht versteckt, und darum bemerkt man sie nicht.«

»Das ist mir zu hoch.«

»Na, zum Beispiel der vollgekritzelte Umschlag einer Arbeitsmappe. Fällt gar nicht auf, wenn da irgendwo auch ein paar Formeln oder Vokabeln draufstehen. Da, schau dir einmal die Wände an!«

Tatsächlich entdeckte Polt erst jetzt und im Licht der Taschenlampe, daß mit schwarzem Filzstift auf die Bretter des Baumhauses gezeichnet und geschrieben worden war.

Da stand *Fischzug Habesam, Splitternacht Grenzwacht* und *Belagerung Ziegelfeste,* auch *Fahrrad-Rache* und *Waldtier-Verteidigungsschlacht.* Unter den Zeichnungen stellte eine offensichtlich eine Lehrerin dar, die unter dem Gewicht ihres gewaltigen Busens fast nach vorne kippte. »Kennst du die?« fragte Polt harmlos.

»Ich bin die einzige weibliche Lehrkraft an der Schule. Und wir sollten uns nicht durch erhitzte Knabenphantasien aufhalten lassen. Schau lieber einmal da her!«

Polt las vor. *Freund oder Feind! Du bist schlau, also der Wahrheit würdig. Wir gehen den geraden Weg. Die Wolkenburg gehört von nun an Inspektor Simon Polt. Der Schatz ist in die Räuberhöhle zurückgekehrt. Frau Walter, unsere Lehrerin, soll ihn haben. Die vier.*

»Im Aufsatz waren die nie so gut. Und daß sie ausgerechnet dir die Wolkenburg geben.« Karin Walter suchte Simon Polts Gesicht in der Dunkelheit. »Du, das klingt nach Testament!«

»Schon. Aber wenn ich daran denke, wie viele Abschiedsbriefe und Testamente ich als Kind meinen Eltern und Freunden vor die Tür gelegt habe, ein Dokument melodramatischer als das andere! Klar, daß sich die vier aus ihrer tristen Wirklichkeit flüchten und die Hinterlassenschaft regeln. Aber hinter dem Spiel steht ein ganz konkretes Vorhaben, das auch ziemlich banal und harmlos sein kann.«

»Rede dir nur nichts ein, Simon. Nach der Zeugnisverteilung hat es schon Selbstmordversuche gegeben. Und die vier haben wahrscheinlich Ärgeres erlebt als schlechte Noten.«

»Das wäre feige Flucht, Karin, nichts für Helden. Und

ich glaube, der Klaus ist alles andere als ein Feigling. Seine Freunde machen ohnehin, was er sagt. Wir müssen herausfinden, was es mit dem ›geraden Weg‹ auf sich hat. Vielleicht wollen sich die vier irgendwie von diesem fatalen ›großen Ehrenwort‹ befreien?«

»Und das könnte gefährlich werden. Wir müssen weiter nach Hinweisen suchen. Also auf zur Räuberhöhle.«

Karin Walter und Simon Polt waren außer Atem, als sie unterm Lößabsturz ankamen. Zuvor hatten sie Inspektor Halbwidl getroffen, der mit dem Auto unterwegs war und nichts Neues berichten konnte. Vorsichtig stapften die beiden durchs tiefe Gras und drangen zwischen dichtem Buschwerk zur Höhle vor. Karin leuchtete die Wände ab. »Keine Inschriften, keine Zeichnungen.«

»Nicht notwendig.« Polt untersuchte aufmerksam den Boden. »Schätze pflegt man zu vergraben. Schau nur, hier ist der Sand etwas lockerer.« Er grub mit beiden Händen, bis er einen festen Gegenstand spürte. »Hier, Karin! Du bist die rechtmäßige Eigentümerin.«

Karin Walter schaute ein wenig ratlos auf eine Statuette aus rosa Plastik. »Muß wohl eine Madonna sein.«

»Bestimmt. Frau Habesam führt solche Kunstgegenstände in ihrem Kaufhaus. Soweit ich informiert bin, läßt sich der Kopf abschrauben, damit man geweihtes Wasser einfüllen kann, oder auch Likör.«

»Schrecklich. – Aber es funktioniert tatsächlich. – Und da ist ein Zettel drin. – Warte, gleich hab ich ihn. – O Gott, das schaut aber gar nicht gut aus, Simon!«

»Lies vor.«

»Also, da steht: *Am Ende des geraden Weges schließt sich das dunkle Tor hinter uns. Und nie mehr wird es sich öffnen. Die vier.*«

Das dunkle Tor

Gegen Mitternacht standen alle Streifenwagen wieder vor der Dienststelle, auch die Fahrräder von Karin Walter und Simon Polt waren da. Im Gemeinschaftsraum stellte Harald Mank die Plastikmadonna feierlich neben die Kaffeemaschine. »Ich finde, sie gibt unserem nächtlichen Polizeialltag etwas unbestreitbar Transzendentales.«

Polt blickte verwundert auf, denn Fremdwörter waren an sich nicht die Stärke seines Vorgesetzten. Er gähnte. »Bis jetzt hat sich dieser himmlische Hohlkörper aber noch nicht so richtig bewährt. Wenn ich an die vier Buben denke, wird mir ganz anders. Anfangs mag ihre Flucht ja noch abenteuerlich gewesen sein. Aber mitten in der Nacht, in irgendeinem kalten, feuchten Versteck, da kann einen der Mut schon verlassen.«

Karin Walter strich den Zettel glatt, den sie in der Figur gefunden hatte. »Mir geht dieses ›dunkle Tor‹ nicht aus dem Kopf. Ich versuche es einmal mit deinem Zweckoptimismus, Simon. Dann machen die Buben auch im zweiten Brief nur ein Geheimnis um etwas Alltägliches. Und damit wären wir bei einer Preßhaustür oder einer Kellertür.«

Harald Mank hatte die Madonna wieder in die Hand genommen und drehte fasziniert den Schraubkopf. »Wir haben uns natürlich gleich die Preßhäuser der betroffenen Eltern vorgenommen, obwohl es wenig wahrscheinlich ist, daß sich die Buben ausgerechnet in Reichweite ihrer prügelfreudigen Väter verstecken. Dann sind natürlich unversperrte Türen in den Kellergassen überprüft worden. Soweit wir sie kennen, haben wir uns auch bei den Weingartenhütten umgeschaut. Aber natürlich kommt zudem jeder Stadel als Versteck in Frage, jedes leerstehende Haus. Morgen früh gehen wir es bei Tageslicht noch einmal an. Aber man sucht ja doch Stecknadeln im Heuhaufen. Sag einmal, Karin, vielleicht bringst du den Direktor Pollak dazu, wenigstens deiner Klasse morgen schulfrei zu geben? Das wäre eine große Hilfe bei der Suche, und Kinder können sich vielleicht eher vorstellen, wo sich Altersgenossen verstecken würden.«

»Gute Idee. Wird kein Problem sein.«

»Na dann.« Harald Mank stand auf. Die Kollegen vom Nachtdienst werden noch weiter die Augen offenhalten. Und uns Freiwilligen wird auch der Schlaf nach Mitternacht genügen. Bis morgen früh also. Soll ich dich nach Brunndorf bringen, Karin?«

»Nein, danke.« Die Lehrerin schüttelte müde den Kopf. »Gendarmen machen mich derzeit verwirrt und ratlos. Nichts für ungut, Harald.«

Am nächsten Morgen war nicht nur die erste Klasse der Hauptschule ausgeschwärmt, auch viele Leute aus Burgheim und Brunndorf, die vom Verschwinden der Buben gehört hatten, halfen bei der Suche mit.

Karin Walter und Simon Polt waren zum Ausgangspunkt ihrer nächtlichen Unternehmung zurückgekehrt und überprüften mit einigen Schulkindern Tür für Tür die aufgelassene Kellergasse. Zwar fehlten da und dort Schlösser, doch die Türen klemmten oder waren halb verschüttet und zugewachsen und ließen sich nicht öffnen.

»Hier brauchen wir nicht weiter zu suchen.« Karin Walter winkte die Kinder zu sich. »Aber wie wäre es, wenn wir wirklich einmal alles wörtlich nehmen. Zum Beispiel die Sache mit dem ›geraden Weg‹. Verfolgen wir einfach geradeaus die Richtung dieser Kellergasse weiter. Was meinst du, Simon?«

»Logisch, der Gedanke. Direkt unweiblich. Wir versuchen es.«

An ihrem oberen Ende wurde die Kellergasse zu einem dicht verwachsenen Hohlweg. Simon Polt arbeitete sich mit einiger Mühe durchs Gebüsch. »Hier ist schon lange kein Fuhrwerk mehr gefahren. – Geht's, Karin? – Kommen die Kinder nach?«

»Von wegen. Die werden uns gleich überholen.«

Nach einiger Zeit war der Weg kaum noch zu erkennen. »Ich hätte als Indianer auf die Welt kommen sollen«, schimpfte Polt, als ihm wieder einmal ein Zweig kräftig ins Gesicht schnalzte, »die schlängeln sich nämlich lautlos durch dichtestes Unterholz. Steht wenigstens so in den Büchern.«

»Das gilt aber nur für die ganz schlanken Indianer.« Karin Walter wollte hämisch kichern und erinnerte sich gerade noch rechtzeitig daran, daß sie mit diesem Simon Polt eigentlich nicht scherzen wollte.

Einer der Buben war schon ziemlich weit voraus. Plötzlich rief er aufgeregt, und Polt sah ihn winken. Wenig später betrat er neben Karin eine kleine Lichtung, in der drei bescheidene Preßhäuser beieinanderstanden, als hielten sie ein konspiratives Treffen im Walde ab. Eine der Preßhaustüren war einen Spalt geöffnet.

Die Tür ließ sich bewegen, Polt trat ein und blieb verblüfft stehen. »Karin, das mußt du gesehen haben!« An der Decke des Preßhauses hing ein Luster aus geschliffenem Glas, darunter schmückte ein gußeisernes Grabkreuz die Wand, flankiert von zwei großen Bildern. Das eine zeigte Kaiser Franz Joseph, das andere eine spärlich bekleidete Tänzerin. Neben einem eisernen Bett stand ein Kühlschrank, obwohl Polt nirgendwo eine Steckdose erblicken konnte.

Rasch ging der Gendarm auf die Kellertür zu, öffnete sie, ging ein paar Stufen hinunter und kam langsam zurück. »Wieder nichts. Der Keller ist halb eingefallen, und Wasser ist auch unten.« Er warf einen Blick auf die kleine Weinpresse und sah einen eingeschnitzten Namen. »Na ja, jetzt ist alles klar. Das ist das Preßhaus vom Ignaz Reiter. Vor gut zwei Monaten ist der alte Sonderling gestorben, 96 Jahre alt. Wir werden die Tür versperren, sonst trägt ihm noch jemand seine Schätze weg.«

Müde und ratlos saß die kleine Gruppe dann im Gras vor Ignaz Reiters Preßhaus. Karin Walter wickelte einen Halm um ihren Zeigefinger. »Und wenn wir noch weiter geradeaus gehen, Simon?«

»Da kommt nichts mehr. Ich weiß jetzt, wo wir sind. Hinter den Bäumen ist nur noch offenes Land, bis zur Grenze hin.«

»Aber die Kellergasse soll ja früher länger gewesen sein, erzählen die Alten.«

»Davon habe ich auch gehört. Doch die Preßhäuser sind weggeräumt worden und die Keller vermauert – dann ist nämlich keiner mehr dafür verantwortlich, wenn einmal etwas einstürzt, weißt du?«

»Komische Vorstellung.« Die Lehrerin schaute in die Runde ihrer Schulkinder. »Unter uns ist die Erde durchlöchert wie ein Emmentaler.«

»Frau Lehrerin!« Polt hatte vorhin gar nicht bemerkt, daß auch der Peter Schachinger in der Gruppe war.

»Ja, Peter?«

»Diese Holzgestelle da drüben! Was ist das?«

»Eine Wildfütterung für den Winter. Jäger bauen so etwas.«

Simon Polt erhob sich und ging ein paar Schritte näher. Die Futterkrippe stand am Rand der kleinen Lichtung. Dahinter war irgendwann eine Stufe in den Löß gegraben worden, und oberhalb standen Rebstöcke.

»Was suchst du da?« Polt hörte Karins Stimme.

»Ich weiß nicht. Aber diese Geländestufe kommt mir merkwürdig vor. Warum hat man sich die Mühe gemacht? Und da ist auch etwas. Karin, komm doch einmal her!«

Hinter dicht wucherndem Gestrüpp waren halb verfaulte Bretter zu erkennen. »Eine Tür!« Polt schob aufgeregt die Zweige zur Seite. »Da, die Bretter sind nur angelehnt!« Polt warf das morsche Zeug achtlos ins Gras und leuchtete mit der Taschenlampe nach unten.

Karin schaute an ihm vorbei. »Es ist zum Weinen. Alles voller Gerümpel.« Offensichtlich war der Keller seit Jahren als heimlicher Müllablagerungsplatz verwendet worden.

Polt ging zwei Stufen tiefer. »Soviel ist das gar nicht, Karin, es könnte auch Tarnung sein. Hilfst du mir?« Ohne eine Antwort abzuwarten, reichte er eine verrostete Dachrinne nach oben, ein altes Fahrrad folgte und ein Kinderwagen ohne Räder. Nach einer guten Viertelstunde atmete Polt auf. »So, fertig.« Er schaltete die Taschenlampe ab. »Kein Licht unten zu sehen. Aber die vier können tief hinten im Keller stecken. Kommst du mit, Karin? Die Kinder bleiben besser oben.«

Polt zählte 27 Stufen, bis sie endlich in der Tiefe angelangt waren. Modrig roch es hier, verrostete Faßreifen lagen wirr zwischen Holztrümmern. Da war aber noch ein Geruch in der Luft. »Petroleum«, flüsterte Polt. Der Keller war als gerade Röhre in den Löß gegraben worden. Links und rechts öffneten sich Seitengänge. Der Boden war naß, gefährlich aussehende Spalten durchzogen die Wölbung über ihren Köpfen, lange, schwarz glänzende Wurzeln hingen von der Decke. Polt blieb stehen. »Da, vorne links, ein Lichtschein!«

Vorsichtig gingen der Gendarm und die Lehrerin weiter und schauten dann wie gebannt in eine große, matt erleuchtete Nische. Auf vier Weinkisten aus Plastik saßen vier Buben, und das Licht einer Petroleumlampe färbte ihre Gesichter rot. Klaus stand auf und ging Polt feierlich entgegen. »Willkommen in Tiefenheim, Herr Inspektor. Ich bin so froh, daß Sie da sind.« Dann erst sah er die Lehrerin. »Frau Walter! Haben Sie den Schatz in der Räuberhöhle gefunden?«

»Ja, Klaus.«

»Dann ist es gut. – Ich zeige Ihnen Tiefenheim, Herr Inspektor. Wollen Sie?«

»Klar. Und Frau Walter darf auch mit?«

»Natürlich. Sie ist ja die Herrin der Höhle.«

»Na, das klingt schon anders als Fachlehrerin.«

»Du hast gut reden, von und zu Wolkenburg!« Polt sah, daß Karin feuchte Augen hatte.

Klaus war mit seinen Freunden schon vorausgegangen. Am Ende der Kellerröhre hielt er die Lampe an eine kleine Wasserfläche. »Der Tiefensee. Das Wasser kann man trinken.« Er machte kehrt und bog in einen der Seitengänge ein. »Unser Vorratslager.« Ganze Stapel von Blechkonserven gab es hier, Gläser mit Essiggurken, Rollmöpsen oder Marmelade, Limonadeflaschen, aber auch Petroleum und Kerzen. Polt war beeindruckt. »Ihr habt die gute Frau Habesam ja ganz schön ausgeplündert.«

»Seit über zwei Jahren.« Klaus hatte wieder die Führung übernommen. »Aber es ist aus mit dem Räuberleben. Alles, was noch da ist, bekommt die Frau Habesam zurück.«

Jetzt bog er in einen besonders geräumigen Seitengang ab. An der Stirnwand war ein aus Ziegeln errichteter Tisch zu erkennen, der irgendwie an einen Altar erinnerte. Klaus stellte eine brennende Kerze darauf und trat zurück. »Die Zeremonienhalle.«

Über dem Tisch erkannte Polt einen skelettierten Kopf, der vermutlich von einem Hasen stammte. Neben der Kerze stand eine halb geleerte Flasche Kirsch-Rum, und dann lag da noch ein dickes aufgeschlagenes Buch. Polt trat näher und sah Illustrationen, die Details weiblicher Anatomie darstellten. Er klappte das Buch zu. »Der medizinische Hausschatz«, flüsterte er Karin Walter zu. »Jugend forscht!«

»Gehen wir zurück ins Wohnzimmer?« Klaus war ein wenig verlegen geworden.

»Wohnzimmer? Ach so.« Polt und die Lehrerin folgten ihm. »Sag einmal, Klaus«, Polt hatte auf einer der Weinkisten Platz genommen, »warum hast du uns das alles gezeigt? Ich meine, wo es doch euer größtes Geheimnis ist.«

Klaus schaute ihn ruhig an. »Hab ich doch schon gesagt. Weil es mit dem Räuberleben vorbei ist.«

»Und warum eigentlich? Ihr seid doch nicht über Nacht zu Musterknaben geworden?«

»Nein, Herr Inspektor Polt. Das ist es nicht. Aber wir werden ins Gefängnis müssen. Alle vier.«

Ein Freund, ein wahrer Freund

Simon Polt und Karin Walter schauten einander erschreckt an. Polt griff nach dem Stellrad der Petroleumlampe und drehte die Flamme unwillkürlich etwas kleiner. »Darüber sollten wir in Ruhe reden, nicht wahr?« Klaus nickte unsicher.

Die Lehrerin griff nach einer Taschenlampe. »Hat es damit noch ein paar Minuten Zeit? Ich gebe rasch den Kindern oben Bescheid, daß sie auf uns warten sollen.«

»Durst, Herr Inspektor?« fragte Klaus. »Wir haben auch Wein und Bier.«

»Alles andere hätte mich gewundert. Aber nein, danke. Wir brauchen alle miteinander einen klaren Kopf.«

Klaus schaute Simon Polt fragend an, schwieg aber, bis sich Karin Walter wieder zu ihnen gesetzt hatte.

»Ich soll euch übrigens etwas ausrichten, von Herrn Gapmayr«, Polt schaute auf die Flamme im Glaskörper der Petroleumlampe, »das mit dem großen Ehrenwort könnt ihr vergessen, hat er gesagt, es bringt nichts mehr.«

Klaus riß die Augen auf. »Der Herr Gapmayr? Und was hat er noch gesagt?«

»Nicht viel. Wir hatten es eilig, weil wir ja nach euch gesucht haben.«

Klaus musterte Polts Gesicht, als wolle er irgendeine geheime Botschaft darin lesen oder auch verräterische Spuren entdecken. Polt schaute aber so gutmütig drein wie meist. »Na, ihr Helden?«

Klaus legte das Gesicht zwischen seine Handflächen. Erst weinte er verhalten, dann heulte er Rotz und Wasser. Polt wartete geduldig. Es dauerte lange, bis Klaus den Kopf hob und sich das Gesicht mit dem Rockärmel abwischte. »Der Willi war unser Feind, Herr Inspektor.«

»Euer Feind? Der hat euch doch bestimmt nichts getan.«

»Das war es eben. Alles hat sich der gefallen lassen. So einen wollen wir nicht.«

»Aha. Er war euch irgendwie über, weil ihr es nicht geschafft habt, ihn zu ärgern, hab ich recht?«

»So ungefähr wahrscheinlich. Genau haben wir uns das nie überlegt. Aber es war urkomisch, wenn er so richtig erschrocken ist. Also haben wir uns an ihn herangeschlichen und ihm mit so einer Kirtagstrompete ins Ohr geblasen, oder wir sind ihm aus einem Haustor einfach schreiend in den Weg gesprungen, wenn er vorbeigekommen ist. Einmal haben wir ihm eine Katze ins Gesicht geworfen. Na, der hat ausgeschaut!«

»Und wie war das mit der Abschiebung?«

»Na ja, mit der Zeit ist es uns fad geworden, den Willi zu erschrecken. Wir haben dann in der Wolkenburg eine Vollversammlung abgehalten und die Endlösung beschlossen.«

»Endlösung?«

»Hab ich von meinem Vater, das Wort. Also, hab ich gesagt, der Willi ist ab sofort Luft für uns, ein Niemand. Aber wenn er sich in einem unserer Hoheitsgebiete zeigt, dann ...«

»Dann?«

»Das war nicht so genau ausgemacht. Aber vertreiben wollten wir ihn, so gründlich, daß es ihm eine Lehre ist.«

»Und die *Riede todter Hengst* oberhalb vom Lößabsturz ist so ein Hoheitsgebiet?«

»Klar. Wo doch die Räuberhöhle darunter ist.«

»Und an dem Nachmittag, als die Sache mit Willi passiert ist, war da eine Vertreibungsaktion geplant?«

»Nein, eigentlich nicht. Wir waren in der Wolkenburg. Dann ist uns langweilig geworden, und wir haben uns mit den Fahrrädern zur Engelswand aufgemacht.«

»Engelswand? Ach so, der Lößabsturz.«

»Ja. Oben ist der Willi gesessen, wie meistens. Und der Herr Gapmayr war mit dem Traktor im Weingarten.«

»Wie habt ihr euch eigentlich mit dem so vertragen?«

»Nicht besonders. Er war jähzornig und hat dann ziemlich grob werden können. Aber solange wir nicht in seinen Weingarten gegangen sind, hat er uns in Ruhe gelassen.«

»Also, nichts wie hinauf auf die Wiese und dem Willi angst machen?«

»Ja, so ungefähr. Diesmal aber mit psychologischer Kriegsführung, war meine Anordnung.«

»Wo hast du denn das wieder her?«

»Von der Frau Lehrerin.«

»Ach so. Und was habt ihr gemacht?«

»Wir haben uns zum Willi ins Gras gesetzt, so um ihn herum, daß er nicht ausweichen hat können. Und dann haben wir ihm das Lied vom faulen Willi vorgesungen, immer lauter und lauter.«

»Und der Willi?«

»Der hat sich fast angeschissen vor Angst. Entschuldigung. Er ist dann aufgestanden und hat sogar einen von uns, den Robert, beiseite gestoßen. Natürlich den Schwächsten. Ja, und dann ist der Willi in den Weingarten von Herrn Gapmayr geflüchtet, und wir sind auf der Wiese geblieben, vorsichtshalber.«

»Und weiter?«

»Wie der Gapmayr den Willi gesehen hat, ist er fuchsteufelswild geworden, hat ihn angeschrien und ihm irgendwas nachgeschmissen. Der Willi ist wie wild losgerannt, direkt auf uns zu. In dem Moment ist mir die Ur-Überidee gekommen. Schnell einen Schritt vor und dem Willi ein Bein gestellt. Ich hab mir gewünscht, daß es ihn ordentlich aufs Gesicht haut.«

»Und?«

»Es hat nicht funktioniert. Der Willi ist nur gestolpert, hat versucht, sich zu erfangen, und dann ist er…« Jetzt weinte Klaus wieder, aber nur ein paar Sekunden. Dann schaute er Polt fest ins Gesicht. »Also, ich war's, Herr Inspektor.«

»Und der Gapmayr?«

»Der hat alles beobachtet gehabt. Ganz cool ist er zu

uns gekommen und hat gesagt: Der ist hinüber, Burschen. Wir waren richtig fertig und haben kein Wort herausgebracht. Der Herr Gapmayr hat sich zu uns ins Gras gehockt und war eigentlich ganz nett, wie ein großer Freund. Wißt ihr was? hat er gesagt. Keiner von uns hat den Willi hinuntergestoßen, ist doch Tatsache. Also ist auch keiner schuld. Ihr wißt nichts von mir, und ich weiß nichts von euch. Und mit der Gendarmerie werde ich schon alles regeln. Aber ihr müßt eisern schweigen können, Männer. Und wenn euch irgendwer nachschnüffelt, wehrt ihr euch eben. Großes Ehrenwort?« Klaus starrte vor sich hin und schwieg.

»Wann war das?«

»Nachmittag, Herr Inspektor, keiner von uns hat auf die Uhr geschaut.«

»Nicht am Abend?«

»Nein. Zum toten Willi haben wir uns nicht hingetraut. Also sind wir sofort in die Wolkenburg und später dann hier herunter, ins Tiefenheim. Am Abend hat uns dann ein Jäger bei der Wildfütterung erwischt und uns mit dem Gewehr verjagt. Na, wir sind vielleicht gerannt!«

»Weiß ich.« Polt seufzte. »Der Herr Gapmayr war übrigens im Unrecht. Er ist natürlich irgendwie schuld am Tod von Willi, und ihr seid es auch. Das ist schlimm genug, auch wenn ihr bestimmt nicht ins Gefängnis müßt. Trotzdem ist es gar nicht so leicht, mit so etwas fertig zu werden. Aber die Karin Walter wird euch schon beistehen. Und mich gibt's ja auch noch. So, und jetzt gehen wir zu den anderen hinauf.«

Als die vier Buben nach ihrem langen Aufenthalt im Keller ganz verwirrt ans Licht kamen, wurden sie aufgeregt von ihren Klassenkameraden umringt und befragt. Die vier schüttelten aber nur stumm die Köpfe und hielten sich abseits.

»Geht schon einmal voraus, alle miteinander.« Karin Walter klopfte Klaus auf die Schulter. Ich muß nur noch schnell mit dem Herrn Inspektor etwas besprechen.«

Als die letzten Kinder außer Sichtweite waren, schob Karin Walter den Gendarmen in Ignaz Reiters Preßhaus. »Hier, unter dem Grabkreuz, das paßt.« Sie schlang beide Arme um Simon Polt und drückte ihn fest an sich. »He, du«, flüsterte sie in sein rechtes Ohr, »entschuldige bitte. Geht das?« Simon Polt legte vorsichtig die Hände um ihre Hüften und war glücklich. Dann spürte er zu seinem Entsetzen, daß sich an ihm etwas versteifte.

»Mein Lieber«, sagte Karin. Nach einer andachtsvollen Weile löste sie sich von ihm. »Ich muß jetzt zu den Kindern. Und du, Simon?«

»Ich würde gerne Herrn Gapmayr erzählen hören.«

»Paß auf dich auf, du.« Die Lehrerin warf ihm einen strengen Blick zu. »Gelogen hast du übrigens auch ganz tüchtig vorhin.«

»Wird nie wieder vorkommen. Großes Ehrenwort.«

Karin Walter lief den Kindern hinterher, und Polt blieb noch einige Zeit entrückt in Ignaz Reiters Preßhaus stehen. Dann blickte er zum Kaiserbildnis hoch, und der Kaiser blickte milde und majestätisch zurück. Der Gendarm trat ins Sonnenlicht, schloß die Preßhaustür und schob ein Stück Holz vor den Riegel. Dann folgte er dem Hohlweg, den sie heraufgekommen waren. Er ging zum Baumhaus, und nach einigen Versuchen gelang es ihm, die Strickleiter so hochzuwerfen, daß sie in die Türöffnung fiel. In der verlassenen Kellergasse nahm er den inzwischen welk gewordenen Blumenstrauß von Gapmayrs Kellertür, sagte halblaut: »Gut gemacht, Klaus«, und ging weiter talwärts, bis er zu seinem Fahrrad kam.

Zu Hause angelangt, verständigte Polt seine Kollegen von der erfolgreichen Suche. Dann holte er den Robisch hervor, zog zwei Linien dicht nebeneinander über beide Hölzer und noch eine dritte, weiter unten. Erleichtert nahm er endlich Czernohorsky hoch und drückte sein Gesicht ins weiche Fell. Unten am Bauch roch der Kater noch immer ein wenig medizinisch.

Es war schon früher Nachmittag, und Polt hatte Hunger. In einer großen Eisenpfanne briet er Speck und Eier. Als er auch noch Brot im Fett knusprig rösten wollte, erinnerte er sich an Karin Walters Hinweis auf die Gelenkigkeit der ganz schlanken Indianer und ließ es bleiben. Polt kochte Kaffee, schaute geruhsam aus dem Fenster und ging dann in seine Dienststelle.

Harald Mank hörte geduldig zu und warf abschließend einen schwer zu deutenden Blick auf die Plastikmadonna, die noch immer neben der Kaffeemaschine stand. »Hauptsache, der Klaus und seine Spießgesellen sind wieder da. Und dein Vorhaben, Willis Tod aufzuklären, ist nun ja offiziell geworden.«

»Ja, schon.« Polt schaute verlegen auf seine großen Hände. »Aber Protokoll ist noch keines geschrieben, und, na ja, ich würde, ehrlich gesagt, noch gerne einmal ganz privat mit dem Gapmayr reden.«

»Kann ich irgendwie verstehen. Du bist heute ohnedies

schon den ganzen Tag ohne Uniform unterwegs. Mein lieber Herr Kollege! Eine Dienstauffassung ist das, ich muß schon sagen.«

Polt schaute verblüfft an sich herunter. »Tatsächlich. Na, um so besser.« Er nahm den Weg durch die Hintausgasse, wo Gapmayrs Traktor meist vor der großen Halle stand, wenn der Bauer zu Hause war. Offensichtlich war er aber unterwegs, und so radelte Polt Richtung Kellergasse. Karl Gapmayr stand vor seinem Preßhaus und begrüßte den Gendarmen freundlich. »Nur herein mit Ihnen, Inspektor. Ich bin wirklich erleichtert, daß Sie die vier Kinder finden konnten. Tolle Leistung. Gratuliere.«

»Danke.«

»Kommen Sie, trinken wir einmal. Die Arbeit läßt einem ja sonst zu nichts mehr Zeit. Wer Erfolg haben will, muß dranbleiben.«

Gapmayr goß die Gläser voll. »Und? Konnten Sie herausbekommen, warum sich die vier Helden versteckt haben? An ihre Eltern haben die wohl nicht dabei gedacht.«

»Doch, ganz bestimmt sogar. Die Väter waren nämlich recht rasch mit einer Tracht Prügel zur Hand. Da denkt man schon einmal ans Ausreißen.«

»Als ob das den Bengeln schaden würde. Ich habe auch meine Schläge gekriegt, und es ist was geworden aus mir.«

»Ein harter, jähzorniger Mensch, das schon.«

»Was sagen Sie da?«

»Nichts, was man im Dorf nicht wüßte.«

»Und Sie sitzen da in meinem Preßhaus, trinken meinen Wein und sagen mir das ins Gesicht?«

»Ich sage noch mehr. An dem Tag, als der Willi gestorben ist, haben Sie ihm einen heillosen Schrecken eingejagt, nur so, aus einer bösen Laune heraus.«

»Wer sagt das?«

»Ich.«

»Dann würde ich an Ihrer Stelle das Maul halten.«

»Und wenn Sie jemand gesehen hat?«

Karl Gapmayr schwieg. Dann grinste er. »Kann sein, daß Sie nur drohen, kann sein, daß Sie recht haben. Aber was soll's. Dieser Schwachsinnige hat sich zwischen den Weinstöcken zu schaffen gemacht, und da hat er, verdammt noch einmal, nichts zu suchen. Ich habe ihn einfach angeschrien und ihm gedeutet, daß er verschwinden soll. Aber er hat nur dumm geschaut. Dann habe ich ihm eine Rebschere ins Kreuz gepfeffert. Das hat seine Wirkung gehabt. Sie hätten sehen sollen, wie der gerannt ist, übrigens nicht das erste Mal.«

»Nur ist er diesmal in seinen Tod gerannt.«

»Das habe ich nicht gewollt, es war auch nicht meine Schuld. Kein Gericht der Welt wird mich dafür verurteilen.«

»Ich wäre da nicht so sicher. Außerdem waren Sie nicht der einzige, der da oben mit dem Willi zu tun hatte.«

»Also haben die vier doch geredet.«

»Es hat eine Abmachung gegeben, zwischen Ihnen und den Buben, nicht wahr?«

»Ja. Mir haben die Kinder leid getan. Schaut, daß ihr weiterkommt, habe ich gesagt. Wir alle miteinander haben nichts gesehen. Ehrenwort? Hat sich was mit Ehre. Fratzen, verlogene.«

»Ach was! Sie wollten mit Hilfe der Kinder Ihren Hals aus der Schlinge ziehen. Und dann?«

»Habe ich weitergearbeitet. War ja genug zu tun an diesem Nachmittag.«

»Und Sie sind nicht auf den Gedanken gekommen, nachzuschauen, was dem Willi passiert ist, um vielleicht helfen zu können?«

»Ich habe mich schön davor gehütet, in seiner Nähe gesehen zu werden. Doch logisch, oder? Und jetzt verschwinden Sie aus meinem Preßhaus. Wenn Sie dann wieder Ihre elegante Uniform anhaben, können Sie sich ja wichtig machen.«

Gapmayr und Polt waren aufgestanden.

»Augenblick noch.« Polt nahm den Karl Gapmayr an den Rockaufschlägen und ohrfeigte ihn, methodisch, gelassen und mit Nachdruck.

Götterdämmerung

Im angenehmen Bewußtsein, etwas Wesentliches erledigt zu haben, nahm Simon Polt sein Fahrrad und schob es ohne Eile die Burgheimer Kellergasse hoch. Oben, im flachen Land, trat er in die Pedale und bremste erst, als er den Lößabsturz erreicht hatte. Wieder einmal stieg er zum *todten Hengst* hoch, setzte sich auf Willis Lieblingsplatz und schaute übers Land.

Gegen vier sah Polt von der Grenze her einen einsamen Wanderer kommen. Ein paar Minuten später erkannte er Horst Breitwieser, der dann unterhalb des Lößabsturzes stehenblieb und nach oben schaute. Simon Polt erhob sich und winkte. »Guten Tag, Herr Breitwieser!«

»Sind Sie es, Inspektor Polt?« klang es von unten herauf. »Ich kann Sie nicht erkennen, meine Augen sind nicht mehr die besten. Aber Ihre Stimme kommt mir bekannt vor.«

»Ich bin's. Warten Sie einen Augenblick, ich komme hinunter.« Polt nahm nicht den schmalen Weg, sondern eine Abkürzung über die steile Wiese neben der Lößwand.

»Solche Extratouren sind unsereinem verwehrt.« Breitwieser machte eine resignierende Handbewegung. »Ich fürchte auch, daß dieser Spaziergang heute keine gute Idee war. Ich bin schrecklich müde von der ungewohnten Stallarbeit. Es wird wohl besser sein, hier umzukehren. Begleiten Sie mich ein Stück Weges, Inspektor?«

»Gern.« Polt schob sein Fahrrad neben dem alten Herrn her. »Ich möchte mich auch dafür entschuldigen, daß ich noch nicht für Sie die Gutsverwaltung angerufen habe. Es liegen zwei ziemlich turbulente Tage hinter uns.«

Horst Breitwieser schaute den Gendarmen fragend an. »Was war los?«

»Sie haben vielleicht von diesem Todessturz gehört oder gelesen, der hier oben geschehen ist.«

»War das nicht dieser bedauernswerte Behinderte? Willi oder so?«

»Ganz recht. Und sein Tod war kein Unfall.«

»Was Sie nicht sagen. Und wer tut so einem Menschen etwas an?«

»Ach wissen Sie, Herr Breitwieser, ich habe den Eindruck, daß dieser Mensch für manche nur eine lästige Fliege war.«

»Fatal. Homo hominem lupus est, wie der Lateiner sagt,

der Mensch ist dem Menschen ein Wolf. So ist es wohl. Die Welt ist krank, Inspektor, zum Sterben krank, und nicht nur, was die Menschen betrifft.«

»Wie meinen Sie das?«

»Als wir vor über fünf Jahrzehnten ins Weinviertel gekommen sind, war zwar unsere Heimat zertrümmert, doch das Bauernland lebte. Bunte Vielfalt statt öder Monokulturen, und zwischendurch immer wieder Buschgruppen und Bäume. Haben Sie in Ihrem jungen Leben schon einmal einen Weingartenpfirsich gekostet? Nein? Da haben Sie viel versäumt, Herr Inspektor. Und schauen Sie, hier, diese Robinien.«

»Robinien?«

»Akazien, wie man hierzulande nicht ganz korrekt sagt. Wunderschön in ihrer Blüte und ein Fest für die Bienen. Aber dieses Feldgehölz ist ein stiller Mörder. Ein fremdländisches Gewächs, kommt aus Nordamerika. Wo die Robinie an Macht gewinnt, verödet der ursprüngliche heimische Wuchs. So verkommen die Wiesenhänge und Hekken, die Waldränder und die Lichtungen.«

»Das war mir noch nie so bewußt.« Polt blickte um sich. »Natürlich habe ich als Bub die Landschaft noch aufregender erlebt – und das Dorf. Es ist sehr ruhig geworden hier an der Grenze, nicht wahr?«

»Eine Friedhofsruhe. Die Fleißigen finden keine Beschäftigung, die Klugen keine Möglichkeit, etwas aus ihrer Begabung zu machen. Der Abschaum bleibt, Ballastexistenzen: die dumpfen Säufer und die Parasiten, die Lebensuntüchtigen und die Arbeitsunfähigen.«

»Sie sind wohl ziemlich verbittert, wie?«

»Sagen Sie mir einen Grund, warum ich es nicht sein sollte, Inspektor. Aber ich liebe diese Landschaft. Und in den letzten Jahrzehnten habe ich sie mir Schritt für Schritt vertraut gemacht, als guten Freund sozusagen, in Ermangelung an Menschen.«

»Und die Leute im Dorf?«

»Ich brauche sie nicht. Aber natürlich weiß ich Bescheid. Ich war schon immer ein guter Beobachter, und die Distanz läßt einen so manches schärfer sehen. Außerdem hat mich mein täglicher Spaziergang ja immer auch zum Kirchenwirt geführt. Irgendwann zählte ich dann wohl zum Inventar, und man ließ mich ungestört sitzen und zuhören.«

»Kennen Sie eigentlich den alten Herrn Wehdorn im Zollhaus, den sie Professor nennen?«

»Da fragen Sie mich noch? Ein hochinteressanter Mann. Aber wir hatten nie persönlichen Kontakt, schade eigentlich. – Jetzt habe ich Sie doch wirklich in meiner altersbedingten Schwatzhaftigkeit bis zum Runhof verschleppt, Inspektor.«

»Das stört mich nicht. Kann ich auch gleich Ihrer Frau guten Tag sagen.«

»Wie Sie meinen. Vielleicht haben wir sogar noch Kaffee im Haus.« Breitwieser öffnete das Hoftor. »Kein Licht im Stall. Recht so. Dann hat sie wohl endlich aufgehört zu arbeiten und wird in der Küche sein.«

Weil aber auch dort niemand anzutreffen war, gingen die beiden die Treppe hoch. Horst Breitwieser öffnete die Tür zum Arbeitszimmer. »Andrea, bist du hier?« Als er keine Antwort hörte, betrat der alte Mann hastig den Raum. Er fand seine Frau reglos in einem der beiden Ohrenstühle vor dem Kamin. »Andrea, um Himmels willen, was ist los?« Frau Breitwieser wachte auf und strich mit der Hand über die Stirn. »Was soll los sein? Ich habe geschlafen.«

»Du kannst einem schon einen Schrecken einjagen. Sind die Tiere versorgt?«

»Ja, natürlich.«

»Haben wir vielleicht noch Kaffee? Ich meine, wenn Inspektor Polt schon da ist?«

»Nein, ich fürchte nicht.«

»Dann werden wir eben darben. Kommen Sie zur Sitzgruppe, Inspektor. Sie kennen Ihren Sessel ja schon. Setzt du dich zu uns, Andrea?«

»Laß mich bitte, ich bin sehr müde.«

Inspektor Polt schaute zum Fenster und sah, daß schon der Abend dämmerte. Dann wandte er sich Horst Breitwieser zu. »In den nächsten Wochen wird es zur Verhandlung kommen, was diesen Unfall mit Rudolf Riebl angeht.«

»Damit ist zu rechnen.«

»Ich möchte eigentlich einen Strich unter meine diesbezüglichen Ermittlungen ziehen.«

»Das kann ich verstehen. Ich fürchte nur, daß von meiner Seite aus alles gesagt ist.«

»Sie kennen die neueste Entwicklung noch nicht. Aber lassen wir das vorerst. Sie hatten an diesem Tag Ihren üblichen Spaziergang vernachlässigt, nicht wahr?«

»Eine absolute Seltenheit in meinem regelmäßigen Leben. Ich war mit dem Auto unterwegs, aus einem denkbar unerfreulichen Anlaß übrigens. Ich hätte den Gutsherrn aufsuchen sollen, um über eine Stundung der Pacht zu verhandeln. Oder sagen wir besser: darum zu betteln. Es ist wirklich entwürdigend, Inspektor.«

»Und vorher haben Sie sich beim Kirchenwirt Mut angetrunken, sehe ich das richtig?«

»Nicht ganz. An Entschlossenheit fehlt es mir nicht. Ich wollte nur dieses schale Gefühl im Mund loswerden. Mit Armut kann ich leben, Inspektor, mit Hunger auch, aber nicht mit Erniedrigung.«

»Also gut. Die Trunkenheit am Steuer kann Ihnen niemand abnehmen. Was die wirkliche Ursache des Unfalls betrifft, kommt zu Ihrer eingeschränkten Fahrtüchtigkeit und zum schlechten Zustand Ihres Autos aber noch etwas dazu. Es gibt einen Zeugen, der angibt, daß der Riebl nach Ihrem dreimaligen Hupen einen Blick auf Ihren Wagen warf und dann erst das Moped verrissen hat.«

»Davon habe ich nichts bemerkt. Und was folgern Sie daraus, Inspektor?«

»Erst einmal das Nächstliegende. Der Riebl Rudi hat in den letzten Jahren immer wieder Unfälle provoziert. Nehmen wir einmal an, daß er Sie beobachtet hat, wie Sie im Kirchenwirt getrunken haben. Sie hätten sich demnach als idealer Unfallgegner präsentiert.«

»Ja, wenn Sie das so sehen.« Der alte Mann schien erleichtert zu sein.

»Natürlich war der Riebl ein gerissener Kerl, und er wußte, wer Sie sind, Herr Breitwieser.«

»Ja, und?«

»Das bedeutet, daß er auch Ihre wirtschaftliche Situation kannte. Viel war da für einen potentiellen Erpresser nicht herauszuholen.«

»Da haben Sie natürlich recht. Ich werde die Sache auch so durchstehen.«

»Ich bin noch nicht fertig. Wenn Sie also für den Riebl als Unfallgegner uninteressant waren, dann hat er sich nicht aus Berechnung vor Ihr Auto fallen lassen, sondern weil er tödlich erschrocken ist, als er Sie im Umdrehen erkannt hat.«

»Bin ich denn so zum Fürchten?«

»Sie haben den Riebl mit voller Absicht angefahren, nicht wahr?«

Horst Breitwiesers Gesicht blieb unverändert. Seine Hände waren ruhig, und in seinen Augen blitzte Spott auf.

»Originelle Idee. Und warum sollte ich das getan haben?«

»Muß ich es Ihnen wirklich sagen?«

»Bitte. Man lernt ja nie aus.«

»Vielleicht, weil er Sie beobachtet hat, oben, am *todten Hengst?*«

»Dazu hätte er oft Gelegenheit gehabt. Ich komme dort nahezu jeden Tag vorbei.«

»Ich rede nicht von jedem Tag, sondern vom Unfallstag.«

»Denken Sie doch nach, Inspektor. Ich sagte Ihnen schon, daß eine betrübliche Autofahrt meinen Spaziergang ersetzen mußte.«

»Nicht ganz. Vom Runhof bis zum Lößabsturz waren Sie ja doch als Fußgänger unterwegs.«

»Sie phantasieren.«

»Es gibt einen Zeugen, oder besser gesagt, es gab einen.«

»Habe ich die Ehre, ihn zu kennen?«

»Ehre war's wohl keine. Ich rede vom Riebl Rudi.«

»Wenn mir Zynismus gestattet ist: Dieser Zeuge redet nicht mehr.«

»Es gibt noch einen Zeugen, und auch der ist tot.«

»Sie sind verwirrt, Inspektor.«

»Eine andere Frage. Ist Ihnen bei Ihren Spaziergängen oberhalb des Lößabsturzes eine kleine Gestalt aufgefallen?«

»Natürlich. Da ist meist einer in der Wiese gesessen, dieser..., dieser Behinderte, nicht wahr?«

»Ihr Sohn Willi, Herr Breitwieser.«

Horst Breitwieser setzte eben zu einer verächtlichen Handbewegung an, als seine Frau neben ihn trat. »Sei endlich still, Horst. Ich ertrage es nicht mehr. Sie sprechen schon die Wahrheit, Inspektor, lassen Sie mich berichten. Willi ist Anfang 1945 in Wien zur Welt gekommen. Gleich nach der Geburt war seine Behinderung offensichtlich.«

Horst Breitwieser schaute ins Leere. »Es gibt auch ein ehrliches Wort dafür: Idiotie.«

»Mein Mann war wie von Sinnen. Er wollte sein unglückseliges Kind aus den Augen haben, in ein Heim stekken. Sie wissen, Inspektor, was das in dieser Zeit bedeutet hätte. Fritz Brenner war schon damals sehr mit mir befreundet. Als wir nach Brunndorf zogen, hat er den Säugling hierhergebracht und einer Frau vor die Tür gelegt, von der man annehmen konnte, daß sie für das Kind sorgen würde. Fritz ist dann mir zuliebe auf dem Hof geblieben.«

Polt strich müde über seine Augen. »Und eines Tages ist Ihr Mann auf den Gedanken gekommen, daß jener Willi, der ihm von seinen Spaziergängen her vertraut war, sein Sohn sein könnte.«

»Er hat es mir vor etwa zwei Jahren auf den Kopf zugesagt, und ich war ehrlich zu ihm, weil ich dachte, er wäre im Alter anders geworden. Und das war ja auch der Fall, nicht wahr, Horst?«

»Mehr oder weniger, ja. Man resigniert eben, wird gleichgültig. Diese tägliche Begegnung war nur noch ein merkwürdiges Ritual, abstrahiert durch Distanz. Aber dann...« Breitwieser hatte sich abgewandt und wühlte in einer Schachtel, die neben ihm stand. »Hier!« Er warf wütend jene Ausgabe der Lokalzeitung auf den Tisch, in der die Geschichte über Willi erschienen war. »Eine erbärmliche Schmiererei, grotesk und verlogen. Darauf hätte es früher eine deutliche Antwort gegeben. In mir ist jedenfalls die alte Wut auf diese von mir gezeugte Kreatur wieder hochgekommen. Als ich sie dann einmal nicht auf ihrem Platz sah, habe ich, ohne viel nachzudenken, in der Wiese darunter Nachschau gehalten und sah den Kretin da liegen, verletzt, doch er lebte, so irgendwie wenigstens. Ich sagte: Dein Vater ist da, Willi. Und dann kam dieses verblödete, unerträgliche Grinsen! Ich habe einen kurzen Hieb gegen die Halsschlagader geführt. Man muß nur die richtige Stelle kennen, dann geht das ganz leicht, und nichts ist später zu bemerken. Ein Befreiungsschlag, Inspektor, es war getan, was längst hätte getan werden sollen. Wenn ich etwas vor mir zu verantworten habe, dann die sentimentale Reaktion meiner Frau. Damit hatte ich nicht gerechnet. – Wie sind Sie eigentlich auf mich gekommen?«

»Wie soll ich sagen. Angefangen hat es ganz banal mit dem Gesichtsausdruck des Toten. Wenn es einen Mörder gab, dann hat sich Willi über sein Kommen gefreut. Außerdem haben Sie, Herr Breitwieser, zu den wenigen gehört, die Willi fast täglich gesehen haben. Es ist mir auch aufgefallen, daß Sie den Unfall mit dem Riebl Rudi leichter verkraftet haben als Ihre Frau. Später wurde ich dann auf die Idee gebracht, mich für Willis Vater und dessen mögliche Motive für einen Mord zu interessieren. Und bei Ihnen gibt es immerhin ein paar Indizien für eine besondere Einstellung zu, sagen wir einmal, lebensunwertem Leben. So nebenbei gefragt: Was war eigentlich wirklich mit diesem Fritz Brenner los? Nur aus Ritterlichkeit hätte ein intelligenter Mann wie er wohl nicht jahrzehntelang dieses Leben geführt.«

Breitwieser lachte kurz auf. »Dieses Geheimnis teilt Fritz Brenner mit meiner Frau. Ich habe nie wirklich versucht, dahinterzukommen, weil ich, nun ja, weil ich unsere Existenz auf dem Runhof nicht gefährden wollte. Als junge Männer waren wir Rivalen gewesen. Fritz und ich. Er ein gefühlsduseliger Romantiker, aber auch hartnäckig, ich energisch, strebsam, mit klaren Zielen.« Breitwieser warf seiner Frau einen abschätzenden Blick zu. »Vielleicht hättest du doch den anderen nehmen sollen, nicht wahr, Andrea? Oder hat er dich genommen, als er noch wollte und konnte? Dich niedergerissen wie ein Tier in seinem stinkenden Stall?«

»Sei nicht geschmacklos, Horst.« Frau Breitwieser hatte neben Polt Platz genommen und schien kleiner zu werden, in sich hinein zu sinken. »Als ich Fritz damals sagte, daß ich mich für dich entschieden hätte, gab er mir eine seltsame Antwort, ich kann sie heute noch exakt wiedergeben. ›Einverstanden, Andrea. Aber ich bleibe in Rufweite. Vielleicht gewinne ich eines Tages ja doch.‹ Als er dann von unserem Vorhaben erfuhr, nach Brunndorf zu ziehen und den Runhof zu übernehmen, hat er uns angeboten, als Partner mitzumachen. Horst war einverstanden, wohl auch, um Stärke zu beweisen. Doch vom ersten Tag an sah ich, daß der Kampf zwischen den beiden Männern nie ausgestanden sein würde. Horst ahnte, daß Fritz nur wegen mir hierhergekommen war. Nach und nach drängte er ihn aus der Position des Partners in eine erniedrigende Abhängigkeit. Fritz vermied aber jede direkte Auseinandersetzung und zog sich immer mehr zurück. Am Ende hatte jeder der beiden sein eigenes Reich. Horst das feudale Arbeitszimmer, Fritz den mächtigen Stall.«

»Und Sie, Frau Breitwieser?« fragte Polt.

»Grenzgängerin, was sonst.«

»Verstehe. Und als Sie damals weggelaufen sind und dann doch nicht…«

»… hätte Fritz beinahe gewonnen. Aber er hat ein zweites Mal verloren.«

»Eine andere Frage.« Polt legte das Foto, das er von Frau Raab bekommen hatte, auf den Tisch. »Fritz Brenner hat ja den Willi als Säugling zur Tür seiner zukünftigen Ziehmutter gebracht. Dieses Bild war in den Windeln versteckt.« Frau Breitwieser nickte. »Ich habe ihn darum gebeten, obwohl es ein Risiko für uns war. Aber der Willi sollte später wenigstens wissen, wie sein Vater ausgesehen hat.«

Polt wandte sich wieder Horst Breitwieser zu. »Jedenfalls hat mich das Foto weitergebracht. Heute ist nicht mehr viel darauf zu erkennen, doch Frau Raab konnte sich an ein Muttermal unter dem Auge erinnern. Ich muß Sie wohl nicht darum bitten, die Brille abzunehmen?«

Breitwieser schaute Polt starr ins Gesicht: »Nein. Und weiter?«

»Der Riebl hat Sie bei der Tat beobachtet, nicht wahr? Die Frieb-Brüder, Anatol und René, sind ihm in der Kellergasse begegnet.«

»Ja. Es mußte dann schnell gehen. Natürlich habe ich diesen Mann und seinen miesen Charakter gekannt. Als ich begriff, daß er gesehen haben muß, wie ich mich in der Wiese an etwas zu schaffen machte, wußte ich, daß er die Situation ausnützen würde – wie auch immer. Also rasch zurück zum Hof. Dann begab ich mich mit dem Auto zum Kirchenwirt, um mich mäßig zu betrinken. Ich bin losgefahren, und dieser Riebl war doch tatsächlich mit dem Moped unterwegs. Als er mich erkannte, habe ich sein Erschrecken ausgenützt und ihn kalt erwischt.«

Simon Polt schob Breitwieser das Foto zu. »Frau Raab, die Ziehmutter, hat mir erzählt, daß es der Willi immer wieder angeschaut hat, liebevoll und andächtig. Fast wie ein Heiligenbild.«

Plötzlich waren Risse im Gesicht des alten Mannes. Dann gefror es wieder zur vertrauten Maske. »Sie wollen mich fertigmachen, so richtig, nicht wahr?«

»Eigentlich schon.«

»Es wird Ihnen nicht gelingen.«

»Noch eine Frage. Für den Mord an Willi hatten Sie ein zwar abstoßendes, aber irgendwie plausibles Motiv. Doch die Sache mit Ihrem Sohn war erledigt, und bei Ihren verschrobenen Ehrbegriffen hätten Sie auch die Konsequenzen tragen müssen, ich meine, ohne noch einen Mord zu begehen.«

»Ich habe mich vor der Besudelung durch eine menschliche Ratte bewahrt und das Dorf von diesem üblen Element gesäubert. Und jetzt meint der Herr Gendarm wohl, auch er hätte mit seiner Schnüffelei der Gesellschaft einen Dienst erwiesen? Sie verstehen nichts, rein gar nichts.«

»Muß ja auch nicht sein.« Simon Polt erhob sich. »Der Rest ist nicht mehr meine Sache. Ich kann Sie wohl eine halbe Stunde allein lassen?«

»Sie befürchten Flucht oder Selbstmord? Machen Sie sich nicht lächerlich, Inspektor.«

Polt wandte sich ab, verließ den Raum, schloß zögernd die Tür und suchte den Weg ins Freie. Draußen war es dunkel geworden. Polt fror. Er wollte weg, trat kräftig in die Pedale. Doch der Runhof wuchs in die Nacht, holte ihn ein, ließ ihn los und holte ihn wieder ein.

Alfred Komarek im Diogenes Verlag

Polt muß weinen

Roman

In Brunndorf, einem niederösterreichischen Weinbauerndorf, gehen die Uhren noch anders. Der sympathische Gendarmerie-Inspektor Simon Polt, Junggeselle und Halter eines eigenwilligen Katers, hat mit seinen Weinbauern schon so manche Nacht durchzecht. Polt gehört dazu. Dann aber steht er vor der Leiche Albert Hahns, der in seinem Weinkeller durch Gärgas umgekommen ist. So etwas passiert in einer Winzergegend, doch diesmal, sagt der Gemeindearzt, »hat es den Richtigen erwischt«. Er spricht aus, was fast alle im Dorf denken, und tatsächlich hätte auch so gut wie jeder ein Motiv für diese Tat gehabt…

»Mit Simon Polt, dem gutmütigen, aber beharrlichen Gendarmerie-Inspektor, betritt ein Krimiheld die Bühne, von dem man sich wünscht, daß er mit seiner stillen, schüchternen und schlichten Art noch viele Fälle zu lösen haben wird. Polt ist kein cooler Krimiheld. Er ist ein Landmensch, tief verwurzelt im Alltag des kleinen, an der tschechischen Grenze gelegenen Weinbauerndorfes.« *Salzburger Nachrichten*

Ausgezeichnet mit dem Glauser 1999.

Himmel, Polt und Hölle

Roman

Ein glühend heißer Sommer im Wiesbachtal. Doch wieder mal trügt die Landidylle. Einer beginnt zu zündeln, aus dummen Späßen werden handfeste Schweinereien, schließlich Sabotage und – Mord.
Simon Polt ermittelt diesmal nicht nur in Wirtshäusern und Kellergassen, sondern auch an einem Ort,

den er bislang nur mit respektvoller Scheu betreten hat, dem Pfarrhaus. Konfrontiert wird er unter anderem mit einer bildschönen Pfarrköchin mit bewegter Vergangenheit. Einem verliebten Mesner. Einer Menge abgewiesener Verehrer. Einem zynischen Weinkritiker, der so manche Karriere auf dem Gewissen hat. Einem gescheiterten Lehrer. Und einem Pfarrer, der eine erstaunliche Beichte ablegt.

Und Polt wäre nicht Polt, würde er am Ende nicht mit dem Übeltäter, den er dann doch stellt – erst noch mal einen trinken gehen…

»Wir riechen die Atmosphäre der ›Preßhäuser‹ und schmecken die Weine und die deftigen Speisen. Aber wir fühlen auch den *horror vacui* und die Beklemmungen eines nebligen Herbstabends auf dem Lande. Alles zusammen macht die Polt-Romane extrem spannend.«
Thomas Wörtche/Freitag, Berlin

Kurt Lanthaler im Diogenes Verlag

Der Tote im Fels

Ein Tschonnie-Tschenett-Roman

Bei Bauarbeiten für einen Eisenbahntunnel am Brenner wird eine nur wenige Tage alte Leiche aus dem massiven Fels freigesprengt. Keiner kann sich erklären, wie sie dorthin gekommen ist. Die einzigen Hinweise liegen im Aktenkoffer des Toten. Und den hat Tschonnie Tschenett, Ex-Matrose und Aushilfs-LKW-Fahrer mit der fatalen Neigung, seine Nase in obskure Dinge zu stecken. So macht er unfreiwillig die Bekanntschaft mit skrupellosen Grundstückspekulanten, alten und neuen Nazis und ähnlich üblen Subjekten. Tschenett entdeckt, daß große Bauvorhaben lange Schatten vorauswerfen.

»Tschonnie Tschenett ist ›hard-boiled‹, als wäre er mit Mike Hammer in Manhattan groß geworden.«
Hannoversche Allgemeine Zeitung

Grobes Foul

Ein Tschonnie-Tschenett-Roman

Um ein Uhr nachts, dreißig Kilometer vor Sterzing, merkt Tschonnie Tschenett, daß ihm der Sprit ausgeht. In diesem Moment hat ihm der Typ, der ihm um ein Haar vor die Zugmaschine gesprungen wäre, gerade noch gefehlt. Es handelt sich um den bekifften Fahrer eines Ferraris, der auf dem Seitenstreifen liegengeblieben ist. Sein Name: Paolo Canaccia, Stürmerstar des Serie-A-Spitzenreiters AS ROMA, der seinen *ferragosto*-Trainingsaufenthalt in Sterzing verbringt. Dies erfährt Tschenett am nächsten Tag – von der Polizei. Denn am Schauplatz seiner Zufallsbekanntschaft mit Canaccia wird in der gleichen Nacht eine Leiche gefunden. Tschenett hat damit ein Problem am Hals. Aber nicht nur er. Canaccia ist tief in den Fall verstrickt und bittet den Amateurdetektiv um seine Hilfe.

Herzsprung

Ein Tschonnie-Tschenett-Roman

Sein Freund Totò von der italienischen Grenzpolizei hatte ihn ja gewarnt. Aber Tschonnie Tschenett steckt tief in einer Sinnkrise und ist bereit, den nächstbesten LKW-Auftrag anzunehmen, Hauptsache, er bringt ihn weit weg. Das erreicht er auf Anhieb. Denn gleich beim ersten Job hat er die Bullen am Hals und muß über die grüne Grenze. Für eine dubiose Schweizer Firma übernimmt Tschenett Fahrten nach Berlin und nach Herzsprung bei Wittstock. Dort trifft er einen alten Kumpel wieder, der für dieselbe Firma arbeitet und Tschenett mit leicht zu verdienendem Geld lockt. Wie schmutzig der Job in Wirklichkeit ist, begreift der Amateurdetektiv erst, als er im Fernsehen das Bild eines toten Vietnamesen sieht. Mit dem er vor kurzem noch Geschäfte gemacht hat. Ein sozialkritischer Thriller und atemberaubender ›road-movie‹.

»Ein Roman, der schon kurz nach seinem Erscheinen von der Realität eingeholt wurde. Ein trauriger Beweis für das brillante Gespür Lanthalers, realistische und spannende Stoffe für seine Romane zu finden. Ein fesselndes Lesevergnügen der besonderen Art.«
Deutsche Welle, Köln

Azzurro

Ein Tschonnie-Tschenett-Roman

Der vierte Tschonnie-Tschenett-Roman bringt Licht in die dunkle Vergangenheit seines gleichnamigen ›Helden‹. Er beginnt 1977: Tschonnie Tschenett, Matrose an Bord eines Seitenfängers, der unter Grönland auf Fischfang geht, wird beschuldigt, einen Kollegen über Bord geworfen und damit umgebracht zu haben. Zwanzig Jahre müssen vergehen, bis sich der Amateurdetektiv für das damals erlittene Unrecht rächen kann. 1997: Tschenett, gerade aus einem Hamburger Knast entlassen, sehnt sich nach einem Klimawechsel. Nach diversen abenteuerlichen Erlebnissen am Brenner und in Italien landet er in Albanien, einem Land am Rande des Bürgerkriegs. Tschenett erlebt, was es bedeutet, wenn ein Land auf der Einkaufsliste legaler wie illegaler Geschäftemacher steht.

»Lanthaler gräbt tiefer und gerät damit an die Wurzeln der Übel. Er erzählt genau und dabei spannend, er erzählt witzig, ohne Souveränität und Wahrheitsgehalt einzubüßen. Er erzählt so, daß jemand, der in zweihundert Jahren Genaueres von unserem heutigen Tun und Lassen wissen wollte, mit einem solchen Buch bestens bedient wäre.«
Österreichischer Rundfunk, Wien

Weißwein und Aspirin

Hirnrissige Geschichten

Beim Namen Kurt Lanthaler denkt man vor allem an seine Tschonnie-Tschenett-Romane. Die pointierten Geschichten des Bandes *Weißwein und Aspirin* zeigen neue erzählerische Aspekte von überraschender Vielfalt.

»Lanthaler zeigt, daß die Short-Story längst nicht so tot ist, wie viele Rezensenten gern behaupten. Eine lakonische, brillant zurechtgefeilte Sprache, die präziser und disziplinierter nicht sein könnte. Lanthalers bestes Buch!« *Michael Horvath / Buchkultur, Wien*

»Pointierte Geschichten, hintergründig, skurril und vor allem witzig.« *Christine Hofer / Tip, Innsbruck*

Herbert Rosendorfer im Diogenes Verlag

Herbert Rosendorfer, geboren am 19.2.1934 in Bozen, Südtirol, zog 1939 mit seinen Eltern nach München. Abitur, ein Jahr an der Akademie der Bildenden Künste, dann Jurastudium. Staatsanwalt und Amtsrichter in München, anschließend Richter am Oberlandesgericht in Naumburg. Seit 1990 Professor für bayerische Literaturgeschichte. Lebt in der Nähe von Bozen.

»Herbert Rosendorfer ist zweifellos einer der subtilsten und geistreichsten deutschsprachigen Unterhaltungsschriftsteller der Gegenwart. Ein so beschwingtes Erzählertalent besitzt in der deutschsprachigen Literatur unserer Tage tatsächlich einen bestechenden Seltenheitswert.« *Neue Zürcher Zeitung*

»Er ist ein Fabulierer, ein epischer Bruder des in der Wiener Malerei favorisierten phantastischen Realismus, mithin ein echter Erzähler, dem die Unglaubwürdigkeit den höchsten Reiz einer Geschichte ausmacht.« *Österreichischer Rundfunk, Wien*

»Rosendorfer, ein in Deutschland ganz seltener Vogel, ist ein hervorragender Humorist.«
Marcel Reich-Ranicki

Deutsche Suite
Roman

Der stillgelegte Mensch
Erzählungen

Großes Solo für Anton
Roman